August Strindberg

Die Leute auf Hemsö

Roman

Übersetzt von Mathilde Mann

August Strindberg: Die Leute auf Hemsö. Roman

Übersetzt von Mathilde Mann.

Hemsöborna. Erstdruck: 1887. Hier in der Überstzung von Mathilde Mann, Leipzig, Insel-Verlag, 1917. In anderer Übersetzung auch erschienen unter dem Titel »Die Inselbauern«.

Neuausgabe mit einer Biographie des Autors
Herausgegeben von Karl-Maria Guth
Berlin 2016

Umschlaggestaltung von Thomas Schultz-Overhage unter Verwendung des Bildes: Georg Pauli, Auf der Brücke, 1888

Gesetzt aus der Minion Pro, 11 pt

Verlag: Henricus - Edition Deutsche Klassik GmbH
Mörchinger Str. 33, 14169 Berlin, info@henricus-verlag.de
Druck: Libri Plureos GmbH, Friedensallee 273, 22763 Hamburg

ISBN 978-3-8430-9257-9

Bibliografische Information der Deutschen Nationalbibliothek

Die Deutsche Nationalbibliothek verzeichnet diese Publikation in der Deutschen Nationalbibliografie; detaillierte bibliografische Daten sind im Internet über www.dnb.de abrufbar.

Erstes Kapitel

Carlsson tritt seinen Dienst an und wird als Gauner charakterisiert

Er kam wie ein Gewitter am Aprilabend, mit einer Feldflasche an einem Riemen über der Schulter. Klara und Lotte waren nach Dalaröbroen hinübergefahren, um ihn mit dem Segelboot abzuholen; aber es währte lange, bis sie in das Boot kamen. Sie sollten zum Kaufmann gehen, um eine Tonne Teer zu bestellen, und in die Apotheke, um graue Salbe für das Ferkel zu holen; dann mußten sie auf die Post, um eine Freimarke zu bekommen, und schließlich wollten sie Fia Löfström im Krug besuchen und den Haushahn gegen ein halbes Liespfund Zwergmöwen, die als Köder zum Angeln benutzt wurden, leihen; endlich aber strandeten sie im Gasthofe, wohin Carlsson sie auf Kaffee und Weizenbrot eingeladen hatte. Zu guter Letzt kamen sie denn in das Boot; aber Carlsson wollte steuern, und das konnte er nicht, denn er hatte noch niemals ein Boot mit einem Rahsegel gesehen und riet, das Focksegel zu hissen, während ein solches gar nicht vorhanden war.

Und auf der Zollbudenbrücke standen Lotsen und Matrosen und lachten über diese Anstalten, als die Jolle über Stag ging und nach Saltsäcken zu abwärts trieb.

»Holla du! Du hast ein Loch im Boden!« schrie ein angehender junger Lotse gegen den Wind an. – Und während Carlsson nach dem Loch suchte, stieß ihn Klara beiseite und ergriff das Steuer, und vermittels der Ruder gelang es Lotte, die Jolle wieder vor den Wind zu bringen, so daß sie jetzt mit guter Fahrt in der Richtung nach Aspösund zu glitt.

Carlsson war ein kleiner, vierschrötiger Mensch, mit einer Nase, die so krumm war wie ein Angelhaken. Lebhaft, voll lustiger Einfälle und neugierig war er, aber vom Seewesen verstand er nicht das geringste; deshalb sollte er in Hemsö auch nur die Sorge für die Felder und das Vieh übernehmen – eine Arbeit, zu der niemand Lust hatte, seit der alte Flod ins Jenseits gegangen und seine Witwe allein auf dem Hofe saß.

Als aber Carlsson anfangen wollte, die Mägde nach den Verhältnissen zu Hause auszuforschen, erhielt er nur ausweichende Antworten: »Ja, das weiß ich wirklich nicht!« »Nein, davon verstehe ich gar nichts!« »Ach ja, das mag Gott wissen!«

Aus ihnen konnte er also nichts herausbringen.

Das Boot glitt zwischen Inseln und Klippen dahin, während die Eisente, die hinter den Felsenriffen verborgen saß, schnatterte und der Auerhahn im Dickicht des Tannenwaldes schrie. Es ging hinweg über Bucht und Strom, bis die Dämmerung hereinbrach und die Sterne am Himmel glänzten. Dann ging es hinaus über das große Wasser, wo das Leuchtfeuer schien. Zuweilen kam man an einem Merkpfahl vorüber, zuweilen an einem weißen Seezeichen, das wie ein Gespenst aussah. Hier leuchteten Überreste vom Schneetreiben gleich Leinwand, die zum Bleichen gelegt ist; dort tauchten Garnbojen aus dem schwarzen Wasser auf und scharrten gegen den Kiel, wenn man darüber hinsegelte. Eine schlaftrunkene Möwe fuhr von ihrer Felsenklippe auf und erweckte durch ihr Geschrei die schlafenden Gefährten, die kreischend und lärmend über das Wasser dahinschossen. Und ganz hinten, wo die Sterne in die See hinabstiegen, erblickte man das rote und das grüne Auge eines großen Dampfers, der eine lange Reihe runder Lichter, die durch die Kajütenfenster strahlten, mit sich schleppte.

Carlsson war alles neu, und er fragte nach allem; und jetzt erhielt er so viele Antworten, daß er deutlich fühlte, nun sei er auf ein fremdes Gebiet geraten.

›Er war aus dem Innern des Landes‹, was ungefähr dasselbe bedeutet, wie im Gegensatze zu Städter ›vom Lande‹ sein.

Dann glitt die Jolle in einen Sund und kam in Lee, so daß man die Segel wieder streichen und rudern mußte. Und als sie gleich darauf abermals in einen andern Sund kamen, erblickten sie ein Licht, das aus einem zwischen Fichten und Erlen gelegenen Hause schien.

»Jetzt sind wir daheim«, sagte Klara, und das Boot schoß in eine schmale Bucht. Eine Rinne war durch das Röhricht gehauen, das rasselnd gegen das Boot schlug und einen Hecht aufscheuchte, der sinnend einen Angelhaken umkreiste.

Der Hofhund fing an zu bellen, und man gewahrte oben beim Hause eine Laterne, die sich bewegte.

Inzwischen wurde die Jolle am Brückenende befestigt, und das Löschen begann. Das Segel wurde auf der Rahe zusammengerollt, der Mast herausgenommen und die Stange mit den Pardunen umwickelt; die Teertonne wurde an Land gerollt, und bald lagen Bütten, Flaschen, Körbe und Bündel auf der Brücke.

Carlsson blickte im Halbdunkel um sich und entdeckte lauter neue, ungewohnte Dinge. Draußen vor der Brücke lag das Hütfaß, und an der Brücke entlang lief ein Geländer, das mit Wimpeln, Vertauungen, Bootsankern, Bleiloten, Angelschnüren und Haken behängt war. Auf der Brücke selber standen Heringsfässer, Tröge, Waschkübel und Aalkörbe.

Am Kopf der Brücke befand sich eine Art von Speicher, der mit Lockvögeln überfüllt war: zur Strandjagd ausgestopfte Eidergänse, Fischenten, Schreienten und andere Vögel; und unter dem Dachfirst lagen auf Stützen: Segel, Masten, Ruder, Bootshaken, Ruderdollen, Schöpfkellen, Eisäxte und Keulen. Und am Ufer standen Garnstangen mit Heringsnetzen, die so groß waren wie Kirchenfenster und durch deren Maschen man einen Arm stecken konnte, und andere mit Barschnetzen, so neu und weiß wie die schönsten Schlittennetze; am Ausgang der Brücke aber ragte gleichsam eine Schloßallee von zwei Reihen Pfählen empor, zwischen denen große Heringsnetze ausgespannt waren. Und ganz oben in der Allee brannte die Laterne und warf einen Schein über den Sand, der von Muschelschalen und getrockneten Fischkiemen funkelte, und in den Netzen blitzten die hängengebliebenen Fischschuppen gleich dem Reif, der über Spinngeweben liegt. Aber die Laterne beleuchtete auch das Antlitz einer alten Frau, das der Wind eingetrocknet zu haben schien, sowie ein Paar kleiner, freundlicher Augen, die unter dem Herdfeuer zusammengeschrumpft waren. Und vor der Alten stand der Hund, ein struppiges Tier, das im Wasser ebensogut zu Hause war wie auf dem Land.

»Nun, kommt ihr jetzt nach Hause, Kinderchen«, begrüßte die Alte sie, »und habt ihr den Knecht mitgebracht?«

»Ja, da sind wir, und hier ist Carlsson, Mutter«, antwortete Klara.

Die Frau trocknete ihre rechte Hand an der Schürze und reichte sie ihm.

»Willkommen, Carlsson, möge Er sich wohl bei uns fühlen. Habt ihr Kaffee und Zucker mitgebracht, Kinder, und sind die Segel im Schuppen? Dann kommt nur herauf, damit wir etwas zu essen bekommen.«

Und dann gingen sie den Berg hinan, Carlsson still, neugierig, voller Erwartung, wie sich sein Leben hier an dem neuen Platze gestalten werde.

Drinnen im Hause flackerte ein helles Feuer im Ofen, und über dem weißen Klapptisch lag ein reines Tischtuch. Auf dem Tisch stand eine

Branntweinflasche, die in der Mitte einen Knick hatte gleich einer Sanduhr, und rings herum Gustersberger Tassen mit Rosen und Vergißmeinnicht, ein frischgebackener Stollen, hartgedörrte Zwiebäcke; ein Butterteller, Zuckerschale und Rahmguß vervollständigten die Anrichtung, die Carlsson höchst opulent erschien, wie er es hier, so fern von jeglicher Zivilisation, nicht erwartet hatte. Aber auch das Haus selber sah nicht übel aus, als er es beim Schein des flackernden Feuers betrachtete, das, einen Gegensatz zu dem bleichen Schein des Talglichts im Messingleuchter bildend, sich in der bereits ein wenig blind gewordenen Politur des Mahagonisekretärs widerspiegelte, in dem lackierten Gehäuse und dem Messingperpendikel der Wanduhr aufblitzte, die Silberverzierungen an den damaszierten Läufen der langen Vogelflinten dahinglitt und seinen Glanz auf die vergoldeten Buchstaben warf, mit denen die Rücken der Postillen, Gesangbücher, Kalender und Hausratbücher ausgestattet waren.

»Komm Er jetzt näher, Carlsson«, sagte die Alte; und Carlsson, der ein Kind der Zeit war, ließ sich nicht lange nötigen, sondern folgte sofort der Aufforderung und setzte sich auf eine Bank, während die Mädchen sich mit seiner Kiste zu schaffen machten und sie in die Küche trugen, die auf der anderen Seite der Diele lag.

Die Frau nahm die Kaffeekanne vom Feuer, klärte den Kaffee, setzte ihn abermals auf und ließ ihn noch einmal aufkochen, worauf sie ihre Aufforderung wiederholte, diesmal mit dem Zusatze, daß Carlsson sich an den Tisch setzen solle.

Carlsson nahm Platz, drehte die Mütze zwischen den Fingern hin und her und beobachtete, von welcher Seite der Wind wehe, um danach seine Segel stellen zu können – denn er war sich klar darüber, daß er sich mit der Betreffenden gut stellen wolle; da er aber nicht wußte, ob die Alte zu der Art gehöre, die es duldet, daß man ein Wort mitredet, wollte er seiner Zunge keinen Spielraum gönnen, ehe er das Terrain genügend sondiert hatte.

»Ist das aber ein schöner Sekretär!« begann er und fingerte an den Messingrosetten herum.

»Hm«, sagte die Alte, »es ist nur leider nicht viel drin.«

»Ach was«, schmeichelte Carlsson und steckte den kleinen Finger in das Schlüsselloch der Klappe, »etwas Silberzeug wird schon da drin sein!«

»Ja, früher lag dort ein hübscher Schilling; aber Flod mußte begraben werden, und Gustav sollte dienen, und seitdem ist hier auf dem Hofe keine rechte Ordnung mehr gewesen. Und dann hatte Flod noch obendrein das neue Haus gebaut, das zu nichts taugt, und da ging es bergab. Nehm Er nur Zucker, Carlsson, und trink Er eine Tasse Kaffee!«

»Soll ich anfangen?« fragte der Knecht und wollte Umstände machen.

»Ja, da noch niemand zu Hause ist«, erwiderte die Frau. »Der liebe Junge ist mit der Flinte draußen auf See, und dann nimmt er Norman mit, folglich wird hier zu Hause nichts geschafft. Wenn sie nur hinauskommen und einen Vogel schießen können, lassen sie gern die Fischerei und das Vieh zum Teufel gehen. Und das ist der Grund, weshalb Er hierhergekommen ist, Carlsson; Er soll hier Ordnung in diesen Sachen schaffen, und deshalb soll Er sich auch ein wenig besser halten und ein wachsames Auge auf die Jungen haben. Will Er nicht einen Zwieback nehmen, Carlsson?«

»Ja, Mutter, wenn es so ist, daß ich gleichsam ein wenig mehr sein soll, damit die anderen mir gehorchen, dann müssen die Sachen geordnet werden, und ich muß einen Grund haben, auf den ich mich stützen kann – denn ich kenne die Burschen – wenn man ihr Duzbruder und Kamerad sein soll«, antwortete Carlsson. Er fing jetzt an, sich zurechtzufinden, und fühlte sich in seinem Fahrwasser.

»Was die Seegeschichten anbetrifft, in die mische ich mich nicht hinein, denn darauf verstehe ich mich nicht, aber auf dem Lande bin ich zu Hause, und da werde ich schon fertig.«

»Ja, das wollen wir morgen alles ordnen, dann ist Sonntag, und da können wir bei Tageslicht darüber reden. Jetzt muß Carlsson noch einen Schluck nehmen, und dann soll Er hingehen und sich schlafen legen.«

Die Alte füllte die Tasse wieder, und Carlsson nahm die »Sanduhr« und goß einen tüchtigen Schuß in den Kaffee. Nachdem er einen Schluck getrunken, empfand er große Lust, das Gespräch, das ihn auf das angenehmste berührt hatte, fortzusetzen. Aber die Frau hatte sich erhoben, um das erlöschende Feuer wieder anzufachen, die Mädchen liefen ein und aus, und der Hund draußen im Hofe fing an zu bellen, so daß die Aufmerksamkeit darauf hingelenkt wurde.

»So, jetzt kommen die Jungen nach Hause«, sagte die Frau.

Es wurden nun draußen Stimmen hörbar, auf den Steinen erklang das Rasseln der Hufeisen unter den Stiefelabsätzen, und durch die Balsaminen am Fenster gewahrte Carlsson draußen im Mondschein zwei männliche Gestalten mit Flintenläufen über den Schultern und Gepäck auf dem Rücken.

Der Hund bellte auf der Diele, und gleich darauf öffnete sich die Tür. In seinen Wasserstiefeln und seiner Friesjacke kam der Sohn angestiegen, und mit dem bewußten Stolz eines glücklichen Jägers warf er seine Jagdtasche sowie ein Bund Eidergänse auf den Tisch.

»Guten Abend, Mutter, da hast du Fleisch«, begrüßte er die Alte, ohne den Neuangekommenen zu bemerken.

»Guten Abend, Gustav, ihr seid lange fortgewesen«, erwiderte die Alte seinen Gruß, indem sie gegen ihren Willen mit befriedigtem Blick die prächtigen Eidergänse in ihren kohlschwarzen und kreideweißen Federkleidern mit der rosenroten Brust und dem meergrünen Nacken musterte. »Ihr habt, wie ich sehe, eine gute Jagd gehabt. Nun, und hier ist Carlsson, den wir heute erwarteten.« Ein forschender Blick, der halb von den rotblonden Wimpern verdeckt wurde, blitzte in den kleinen, scharfen Augen des Sohnes auf. Der Ausdruck des Gesichts veränderte sich sofort. Vorhin war er offen gewesen, jetzt wurde er verschlossen.

»Guten Abend, Carlsson«, sagte er kurz, mit scheuer Miene.

»Guten Abend«, erwiderte der Knecht und schlug einen ungezwungenen Ton an, bereit, in einen überlegenen überzugehen, sobald er sich über den Ankömmling im klaren sein würde.

Gustav setzte sich auf den erhöhten Platz am Fenster, stützte die Ellenbogen auf das Fensterbrett und ließ sich von der Mutter eine Tasse Tee reichen, in die er sofort Branntwein goß; während er trank, betrachtete er verstohlen Carlsson, der sich an die Vögel herangemacht hatte und sie untersuchte.

»Es sind prächtige Tiere«, sagte Carlsson und befühlte die Brüste, um zu sehen, ob sie fett seien. »Er ist ein tüchtiger Schütze, wie ich sehe, der Schuß sitzt gerade auf der rechten Stelle.«

Gustavs ganze Antwort bestand in einem verschmitzten Lächeln; er hörte sofort heraus, daß der Knecht sich nicht auf Jagd verstand, denn er lobte die Schüsse, die so getroffen hatten, daß sie den Balg als Lockvogel unbrauchbar machten.

Carlsson aber fuhr unverdrossen fort zu reden; er lobte die Seehundfelltaschen, fand die Flinten ausgezeichnet und machte sich selbst so klein wie möglich, so unerfahren, wie er in Wirklichkeit im Seewesen war, und ein klein wenig darüber.

»Wo ist denn nun aber Norman geblieben?« fragte die Alte, die anfing müde zu werden.

»Er trägt die Sachen in den Bootschuppen hinauf«, antwortete Gustav, »aber er muß gleich kommen.«

»Und Rundquist hat sich schon schlafen gelegt; nun, es wird auch Zeit; und Carlsson, der von der Reise kommt, wird auch nachgerade müde sein. Ich will Ihm sein Lager zeigen, wenn Er mir folgen will.«

Carlsson wäre gern sitzen geblieben, um die »Sanduhr« auslaufen zu sehen; aber der Wink war zu deutlich, er konnte keinen Einspruch dagegen erheben. So geleitete die Frau ihn denn in die Küche hinaus, kam aber gleich zu dem Sohn zurück, dessen Züge jetzt wieder ihren gewöhnlichen offenen Ausdruck angenommen hatten.

»Nun, wie findest du ihn?« fragte die Alte. »Er sieht mir so aus, als wäre er reell und willig.«

»Nein!« lautete Gustavs langgezogene Antwort. »Der nimmt mir den Mund zu voll, der Gaudieb!«

»Wie du nur sprichst! Er kann sehr ordentlich sein, wenn er auch ein wenig redselig ist.«

»Glaube mir, Mutter, das ist ein Gauner, mit dem wird es noch was absetzen. Aber das schadet nichts. Er soll sich sein Brot schon verdienen, und mir soll er nicht zu nahe kommen. Ja, du glaubst nie, was ich sage, aber du wirst es schon sehen! Und dann, wenn es zu spät ist, bereust du es! Wie wars denn mit dem alten Rundquist! Der konnte auch so schön reden, aber mit der Arbeit wars nichts, und nun sitzen wir da mit dem Krüppel und müssen ihn bis an sein seliges Ende durchfüttern. Solche Maulhelden verrichten ihre Heldentaten nur bei der Grützschüssel. Darauf kannst du dich verlassen!«

»Ja, Gustav, du bist akkurat wie dein Vater; du traust niemandem was Gutes zu und forderst das Unmögliche! Rundquist ist auch kein Seemann, er ist aus dem Binnenlande; aber er kann vielerlei, wovon wir nicht das geringste verstehen, und richtige Seeleute bekommen wir nirgends mehr, die gehen zur Marine, zum Zoll- oder Lotsenwesen – hier heraus kommen nur Landleute. Ja, siehst du, man muß eben nehmen, was man kriegen kann.«

»Freilich, es ist eine bekannte Sache, daß niemand mehr als Knecht dienen will; sie ziehen alle den Dienst des Königs vor – und nun gar hier draußen! Hier sammelt sich aller Ausschuß aus dem Binnenlande an. Man muß nicht glauben, daß ordentliche Leute hier zwischen die

Schären hinausziehen, wenn sie nicht einen triftigen Grund dazu haben, und deshalb wiederhole ich nur meine Warnung von vorhin: Halt die Augen offen und gib acht!«

»Ja, Gustav, du solltest die deinen öffnen und dein Hab und Gut zusammenhalten; denn einmal wird doch alles dein Eigentum. Du solltest zu Hause bleiben und nicht den ganzen Tag auf der See liegen, wenigstens nicht die Leute von der Arbeit abhalten, wie du es tust.«

Gustav zupfte ein wenig an einem der erbeuteten Vögel und erwiderte:

»Ach ja, Mutter, aber du magst doch auch gern einen Braten auf dem Tisch haben, nachdem es den ganzen Winter nichts als gesalzenes Schweinefleisch und Klippfisch gegeben hat; deshalb solltest du kein Wort darüber verlieren. Und übrigens gehe ich nicht in den Krug, und ein wenig Vergnügen muß doch der Mensch auf dieser Welt haben. Wir haben ja genug zu essen, und einen Sparpfennig besitzen wir auch auf der Bank, und das Haus verfault nicht; sollte es abbrennen, nun meinetwegen, es ist ja gut versichert.«

»Nein, das Haus verfault nicht, das weiß ich wohl, aber alles andere verkommt. Die Zäune müssen ausgebessert werden, die Gräben bedürfen der Reinigung; das Scheunendach ist so undicht, daß das Wasser auf das Vieh herabströmt; nicht eine einzige Brücke ist mehr heil, die Boote sind mürbe wie Zunder, die Netze müssen geflickt und der Milchkeller muß gedeckt werden. Und – ach ja – da ist so vielerlei, was geschehen sollte, was aber nicht geschieht. Wir wollen einmal sehen, ob die Sache jetzt nicht anders wird, jetzt, wo wir einen bekommen haben, der nichts anderes tun soll, als diese Sachen in Ordnung zu bringen. Wer weiß, vielleicht ist Carlsson der Mann danach.«

»Nun, dann laß ihn das besorgen!« sagte Gustav in ärgerlichem Ton und strich mit der Hand durch sein kurzgestutztes Haar, so daß es wie ein Stoppelfeld in die Höhe stand. »Na, da ist Norman! Komm nun, Norman, und trink einen Schluck!«

Norman, ein kleiner, breitschulteriger, blondhaarige Bursche mit blondem, sprossendem Schnurrbart und blauen Augen, trat jetzt in das Zimmer und ließ sich, nachdem er die Alte begrüßt hatte, bei seinem Jagdkameraden nieder. Als dann die beiden Helden ihre kurzen Tonpfeifen aus den Westentaschen genommen und gestopft hatten, fingen sie auf Jägerweise beim Kaffeepunsch an, Schuß für Schuß alle ihre Großtaten draußen am Meeresufer durchzugehen. Und die Vögel wurden mit den Fingern in den Schußwunden untersucht, die Schrotkörner geteilt, unentschiedene Geschäfte zum Abschluß gebracht und neue Pläne zu weiteren Ausflügen geschmiedet. –

Indessen war Carlsson in die Küche hinausgekommen, wo sich sein Nachtlager befand.

Es war dies ein Raum ohne Decke, so daß man bis in die Dachsparren hinaufsehen konnte, ein Raum, der große Ähnlichkeit mit einer Schute hatte, die kieloben auf der aus allerhand Dingen bestehenden Ladung schwamm. Ganz oben, unter dem schwarzgeräucherten Dachrücken, hingen Netze und Fischereigerätschaften an den Balken, darunter waren Bretter und Bootplanken zum Trocknen verstaut; Flachs und Hanf, Werg, Schmiedeeisen, Zwiebelbunde, Talglichte, Proviantkisten; auf einem Querbalken lagen in langer Reihe frisch ausgestopfte Lockvögel; über einen andern war ein Schaffell geworfen, von einem dritten baumelten Seestiefel, gestrickte Jacken und Strümpfe herab, und zwischen den Balken lagen Stangen mit Knackbrot, Stöcke mit Aalhaut, Aalgabeln mit Angelleinen und Haken.

Am Giebelfenster stand der Eßtisch von rohem Holz, und an den Wänden entlang drei vollständige Bettstätten mit reinen, aber groben Laken.

In einer der Bettstätten hatte die Alte Carlsson einen Platz angewiesen, und nachdem sie mit dem Licht verschwunden war, stand der Neuangekommene da im Halbdunkel, das nur schwach erhellt wurde von dem Kohlenfeuer auf dem Herd und einem kurzen Mondstreif, der, durchbrochen von den Leisten des Fensterrahmens, sich auf dem Fußboden abzeichnete. Aus Anstandsrücksichten wurde beim Zubettegehen kein Licht gewährt, denn auch die Mägde hatten ihre Schlafstellen in der Küche, und so begann Carlsson, sich im Halbdunkel zu entkleiden. Er zog den Rock und die Stiefel aus und nahm die Uhr aus der Westentasche, um sie beim Schein des Herdfeuers aufzuziehen. Er hatte den Schlüssel in das Loch gesteckt und fing an, ihn mit ziemlich ungewandter Hand herumzudrehen – denn die Uhr ging nur an Sonn- und Festtagen –, als er vom Bette her eine tiefe knurrende Stimme vernahm:

»Nein, sieh doch einer, der Bursche hat sogar eine Uhr.«

Carlsson stutzte, sah scharf nach dem Bett hinüber und entdeckte jetzt beim schwachen Schein der Kohlen ein Paar blinzelnder Augen und einen struppigen Kopf, der gleichsam zwischen zwei behaarten Armen hing, auf die er sich stützte.

»Juckt dich was, du?« fragte er, um zu zeigen, daß er auch nicht auf den Mund gefallen sei.

»Wenn es mich juckte, da wüßte ich schon ein gutes Mittel; wem es juckt, der kratze sich«, antwortete der Kopf. »Aber Er ist wohl ein flotter Gesell, hat Er doch gar Saffian an den Stiefelschäften?«

»Ja, das will ich meinen, und Galoschen habe ich auch vielleicht, wenn es darauf ankommt.«

»Herr Jesus, ja! Galoschen hat Er auch! Dann kann Er am Ende einen Schluck spendieren?«

»Ja, wenn es sein muß, so kann er auch das«, erwiderte Carlsson und griff nach der Feldflasche. »Hier, nehmt vorlieb damit.«

Er zog den Pfropfen ab, trank selbst einen Schluck und reichte die Flasche nach dem Bett hinüber.

»Gott vergelts Ihm! Ich glaub gar, das ist Branntwein. Prosit also und willkommen hierzulande! Jetzt nenne ich dich du, Carlsson, und du sagst ›toller Rundquist‹ zu mir, denn so heiß ich für gewöhnlich.«

Und dann kroch er wieder unter seine Bettdecke.

Carlsson entkleidete sich inzwischen und stieg ins Bett, nachdem er seine Uhr an das Salzfaß gehängt und seine Stiefel mitten auf den Fußboden gestellt hatte, damit die roten Saffiankeile ordentlich zu sehen seien. Es war still in dem Raum, nur aus der Nähe des Herdes erklang Rundquists Schnarchen. Carlsson lag wach und dachte an die Zukunft. Die Worte der Frau, daß er gleichsam mehr als die anderen sein und Ordnung in die ganze Wirtschaft bringen sollte, saßen ihm wie ein Nagel im Kopf.

Und um diesen Nagel riß und zog es, als habe er ein Geschwür im Kopf. Wie er so dalag, mußte er an den Mahagonisekretär denken, an das rote Haar des Sohnes und an seine mißtrauischen Augen. Er sah sich selber mit einem großen Bund Schlüssel an einem Stahlring gehen und damit in der Hosentasche rasseln, und dann kommt jemand und bittet ihn um Geld; hierauf hebt er die Lederschürze, schüttelt das rechte Bein, steckt die Hand abermals in die Tasche, fühlt die Schlüssel gegen die Lende, dreht das Bund hin und her, und wenn er den kleinsten gefunden hat, der zur Klappe paßt, steckt er ihn ins Schlüsselloch, gerade so wie er es heute abend mit dem kleinen Finger gemacht hat; aber das Schlüsselloch, das so aussah wie ein Auge mit einer Pupille, wird rund und groß und schwarz, wie die Öffnung eines Flintenlaufes, und am anderen Ende des Laufes erblickt er die roten Fischaugen des Sohnes, die ihn scharf und mißtrauisch anstarren, als wolle er sein Geld verteidigen.

Jetzt knarrte die Küchentür, und Carlsson fuhr aus seinem Halbschlummer auf. Mitten im Zimmer, wo der Reflex des Mondes lag, standen zwei weißgekleidete Gestalten, die gleich darauf in ein Bett untertauchten, das gewaltig krachte, gleich einem Boot, das gegen eine morsche Brücke läuft; dann machte sich leises Reden und Gekicher, ein Gewühl in den Kissen vernehmbar, und darauf wurde alles still.

»Gute Nacht, ihr Mädchen«, ertönte Rundquists ersterbende Stimme. »Träumt von mir, dann seid ihr brav.«

»Das sollt uns auch noch einfallen!« antwortete Lotte.

»St! antwort doch dem gräßlichen alten Kerl nicht«, warnte Klara.

»Ihr seid – so gut – so gut! Wenn ich nur auch – so gut wäre – wie ihr!« seufzte Rundquist. »Ja, du lieber Gott, man wird alt, und tut man einem nicht mehr seinen Willen, dann taugt das Leben nicht mehr. Gute Nacht, Kinder, nehmt euch vor Carlsson in acht, denn der hat eine Uhr und Saffianstiefel! Ja, Carlsson, der ist glücklich, und wer das Glück hat, führt die Braut heim! – Was liegt ihr da hinten und kichert? – Hör mal, Carlsson, kann ich nicht noch einen Schluck aus der Flasche bekommen? Es ist hier so verdammt kalt, es zieht so vom Feuerherd her.«

»Nein, nun bekommst du nichts mehr, denn jetzt will ich schlafen«, sagte Carlsson barsch; er war in seinen Zukunftsträumen gestört worden, zu denen weder Branntwein noch Mädchen paßten – er hatte sich in seine Stellung als ›etwas mehr‹ hineingelebt.

Es ward wieder still; nur der gedämpfte Ton der Unterhaltung der beiden Jäger drang durch die Tür, und von Zeit zu Zeit vernahm man das leise Rütteln des Nachtwinds an dem Schloß.

Carlsson schloß abermals die Augen und hörte im Schlaf Lotte halblaut etwas auswendig hersagen, was er erst nicht recht begreifen konnte; schließlich verstand er jedoch die ganz ineinander gezogenen Worte: »Und führe uns nicht in Versuchung, sondern erlöse uns von dem Übel, denn Dein ist das Reich und die Macht und die Herrlichkeit in Ewigkeit, Amen. Gute Nacht, Klara! Schlaf gut!«

Und gleich darauf ertönte ein leises Schnarchen von dem Bett der Mägde her, während Rundquist ›Knorren sägte‹, daß die Fenster rasselten. Carlsson lag halbwach und wußte selber nicht, ob er wachte oder träumte, bis er plötzlich fühlte, daß die Bettdecke in die Höhe gehoben wurde und ein knochiger, schweißiger Körper zu ihm ins Bett kroch.

»Ich bin es nur, Norman«, erklang eine schmeichelnde Stimme neben ihm; und nun wurde es ihm klar, daß dies der Knecht sei, der ihm zum Schlafgenossen bestimmt war.

»Herr Jesus! Das ist der Schütze, der nach Hause gekommen ist«, knurrte Rundquists verrosteter Baß. »Und ich glaubte, es sei der Knecht, der auf die Jagd gegangen war!« »Kannst du etwa schießen, Rundquist? Du hast ja keine Flinte!« fiel ihm Norman in die Rede.

»Ob ich schießen kann?« erwiderte der Alte, der das letzte Wort behalten wollte. »Sperlinge kann ich schießen mit dem Pustrohr und sogar wenn ich im Bett liege.«

»Habt ihr das Feuer gelöscht?« ertönte jetzt die freundliche Stimme der Alten durch die Tür, draußen von der Diele her.

»Jawohl!« antworteten alle im Chor.

»Gute Nacht denn!«

»Gute Nacht, Mutter!«

Und dann erklang ein tiefer Seufzer und darauf ein Pusten, Räuspern und Schnüffeln, bis das Geschnarche wieder im Gange war.

Carlsson aber lag noch eine Weile halbwach und zählte die Fensterscheiben, damit seine Träume in Erfüllung gingen.

Zweites Kapitel

Sonntagsruhe und Sonntagsarbeit; der gute Hirte und die verlorenen Schafe; die Waldschnepfen, die erhielten, was ihnen zukam, und der Knecht, der die Kammer bekam

Als Carlsson am Sonntag beim Hahnenschrei erwachte, waren alle Betten leer, und die Mägde standen am Feuerherd, während die Sonne mit blendendem Glanz in die Stube schien.

Carlsson fuhr schnell in die Kleider und ging auf den Hof hinaus, um sich zu waschen, hier saß der junge Norman bereits auf einer Heringstonne und ließ sich von dem vielseitigen Rundquist, der ein reines Vorhemd angelegt hatte, die Haare schneiden. Auch die besten Stiefel hatte der Alte angezogen. Vermittels eines eisernen Kochtopfes, dem die Füße fehlten und der ihm als Waschschale angewiesen war, sowie eines Kleckses grüner Seife konnte Carlsson jetzt seine sonntägliche Reinigung vornehmen.

Am Stubenfenster sah man Gustavs sommersprossiges Gesicht, das eingeseift und einer Spiegelscheibe zugewendet war, die unter dem Namen der ›Sonntagsgucker‹ eine Rolle im Hause spielte. Mit den furchtbarsten Grimassen fuhr er hin und her, während das Rasiermesser in der Sonne funkelte.

»Geht ihr heute zur Kirche?« fragte Carlsson als Morgengruß.

»Nein, wir kommen nicht allzuoft ins Gotteshaus«, antwortete Rundquist; »wir haben zwei Meilen hinzurudern und zwei zurück, und man soll den Feiertag nicht durch unnütze Arbeit entheiligen.«

Lotte kam jetzt heraus, um die Kartoffeln zu waschen, während Klara in das Vorratshaus ging, um gesalzene Fische aus dem Winterfaß, dem sogenannten ›Familiengrab‹, zu holen; in dies Faß wurden nämlich alle kleinen Fische geworfen, die in den Netzen oder dem Hütfaß tot geblieben waren und nicht aufbewahrt werden konnten; sie wurden bunt durcheinander, ohne Auswahl, eingesalzen und für den täglichen Tisch verbraucht. Dort lagen blasse Bleien neben Schollen, Steinbutten, Barschen, Hechten, Schleien, Aalquappen, Lachsen, und alle hatten sie den einen oder den andern Verkaufsfehler: eine zerrissene Kieme, ein verletztes Auge, einen Stich mit der Aalgabel im Rücken, ein Loch im Magen usw.

Klara nahm ein paar Hände voll aus dem Faß, wusch den größten Teil des Salzes davon ab, und dann wanderte die ganze Gesellschaft in den Kessel.

Während das Frühstück bereitet wurde, kleidete Carlsson sich an und betrachtete dann die Gegend genauer.

Das Haus, das eigentlich aus zwei zusammengesetzten Gebäuden bestand, lag auf einer Anhöhe an dem südlichen oder inneren Ende eines langen, ziemlich seichten Einschnitts der Bucht; man sah nichts von dem Meer und konnte daher glauben, daß man sich an einem kleinen Binnensee im Lande befinde. Der Höhenrücken fiel nach dem Tal zu in Weiden, Wiesen und von Laubwäldern, Birken, Ellern und Eichen umrahmten Grasplätzen ab. Die nördliche Seite der Bucht war gegen die kalten Winde durch einen mit Tannen bewachsenen Höhenzug geschützt, und der südliche Teil der Insel bestand aus kleinen Fichtengruppen, Birkengestrüpp, Mooren und Sümpfen, zwischen denen hier und da ein Stückchen Acker bestellt war.

Auf dem Hügel stand außer dem Wohnhaus der Vorratsschuppen, und in geringer Entfernung davon lag das Hauptgebäude, ein ziemlich großes, rotangestrichenes Holzhaus mit Ziegeldach, das der alte Flod als Altenteil für sich selber hatte aufführen lassen und das nun unbewohnt dastand, weil die Witwe nicht allein dort leben wollte und auch der Ansicht war, daß zu viele Feuerstätten unnötig an dem Walde zehrten. Ein wenig weiterhin, nach der Koppel zu, lagen der Kuhstall und die Scheune; zwischen einer Gruppe von hohen Eichen hatten die Brauerei und der Keller ihren schattigen Platz, und ganz im Hintergrund, nach Süden zu, erhob sich das Dach einer verfallenen Scheune.

Unten, am Ufer der Bucht, standen die Schuppen zur Aufbewahrung der Boots- und Fischereigerätschaften, ganz in der Nähe der Landungsbrücke, die gleichzeitig den Bootshafen bildete.

Ohne die Schönheiten der Landschaft zu bewundern, fühlte sich Carlsson doch von dem Ganzen angenehm berührt. Die fischreiche Bucht, die flachen Wiesen, die sanft abfallenden Acker, die vor dem Wind geschützt lagen, der dichte Wald und die prächtigen Baumgruppen, die hier und da emporragten, alles das versprach eine gute Einnahme, sobald nur eine energische Hand die Vorteile zu verwerten und den Schatz zu heben wußte.

Nachdem er über mancherlei hin und her gedacht hatte, wurde er aus seinen Gedanken aufgeschreckt durch ein gellendes »Hallo!«, das, aus einer der oberen Luken des Hauses kommend, über Bucht und Land hintönte und sofort aus der Scheune, aus der Koppel und von der Schmiede her in derselben Tonart beantwortet wurde.

Es war Klara, die zum Frühstück rief, und nach wenig Augenblicken saßen die vier Männer um den Küchentisch, auf dem frischgekochte Kartoffeln standen, gesalzener Fisch, Butter, Schwarzbrot und Branntwein – letzterer aus Anlaß des Sonntags. Die Alte ging umher und forderte zum Essen auf, hin und wieder warf sie einen Blick auf den Feuerherd, wo das Fressen für die Hühner und Schweine kochte.

Carlsson hatte an dem oberen Ende des Tisches Platz genommen, Norman an dem unteren, Gustav hatte die eine Langseite gewählt und Rundquist die andere, so daß man nicht recht wissen konnte, wer eigentlich den Ehrenplatz einnahm, – sie machten den Eindruck von vier gleichgestellten Mitgliedern einer Kommission. Carlsson führte freilich das Wort und betonte seine Aussprüche, indem er von Zeit zu Zeit mit der Gabel auf den Tisch schlug. Er sprach von Ackerwirtschaft und Viehzucht; Gustav antwortete ihm jedoch nicht, sondern redete über Jagd und Fischerei, wobei ihn Norman unterstützte, während Rundquist als unparteiischer Geist des Zwiespalts dasaß; sobald es aussah, als wolle man Frieden schließen, war er gleich da, blies ins Feuer, wenn dies im Begriff war zu erlöschen, stichelte nach rechts und links und zeigte der Gesellschaft, daß sie alle miteinander gleich dumm und unwissend wären und daß er allein Verstand besäße.

Gustav antwortete Carlsson niemals direkt, sondern wendete sich immer an einen seiner Nachbarn, und Carlsson sah bald ein, daß er von dieser Seite keine Freundschaft zu erwarten habe.

Norman, als der Jüngste, überzeugte sich erst vorsichtig, ob er an dem Hausherrn einen Rückhalt habe, es war doch das sicherste, sich ihn zum Freund zu halten.

»Ja, Ferkel aufziehen, wenn man keine Milch im Keller hat, das ist nichts wert«, dozierte Carlsson, »und Milch kann man nur haben, wenn man im Frühling Klee zwischen die Saaten sät. Denn die Hauptsache bei der Landwirtschaft beruht auf der Zirkulation, es muß alles zirkulieren, eins nach dem andern.«

»Ja, das ist mit der Fischerei auch nicht anders«, sagte Gustav zu seinem Nachbar, – »denn siehst du, man kann keine Heringsnetze auswerfen, ehe die Flundernzeit vorbei ist, und Flundern bekommt man nicht, ehe es mit den Hechten aus ist. Eins greift in das andere, und wo das eine aufhört, da fängt das andre an. Ists nicht so, Norman?«

Norman gab seine Zustimmung auf das bereitwilligste zu erkennen und wiederholte der Sicherheit halber den Refrain, als er bemerkte, daß Carlsson sich anschickte, wieder loszulegen.

»Ja, so ists, das eine fängt an, wo das andere aufhört.«

Und während Carlsson, einen Fischschwanz zwischen den Zähnen haltend, bemüht war, mit gewaltigen Armbewegungen die Unterhaltung wieder auf seine Seite hinüberzuziehen, machte Rundquist in aller Ruhe einen Witz nach dem andern, bis Carlsson schließlich nicht mehr umhin konnte und in das Gelächter der übrigen einstimmen mußte. So vom Glück begünstigt, fuhr Rundquist noch eine Weile in seinen Bemühungen fort, bis schließlich niemand mehr auf ein ernstes Wort achtete.

Als das Frühstück beendet war, kam die Alte herein und bat Gustav und Carlsson, mit ihr auf den Wirtschaftshof zu kommen, um sich über die Verteilung der Arbeit zu beraten und zu erwägen, was getan werden könne, um den Hof wieder in die Höhe zu bringen; später wollte man sich im Hause versammeln, um eine Predigt zu lesen.

Rundquist legte sich auf die Bank beim Herd und zündete sich eine Pfeife an, Norman aber holte seine Handharmonika und setzte sich in den Ausbau, während die andern sich auf den Wirtschaftshof begaben. Hier sah Carlsson mit einer gewissen Befriedigung, daß der Zustand, in dem sich alles befand, seine Erwartungen bei weitem übertraf. Zwölf Kühe lagen auf den Knien und kauten Moos und Stroh; das regelrechte Futter war längst aufgezehrt. Jeglicher Versuch, sie aufzurichten, war vergebens, und nachdem Gustav und er sich bemüht hatten, sie vermittels eines unter den Bauch geschobenen Brettes auf die Beine zu bringen, überließ man sie einstweilen ihrem Schicksal.

Carlsson schüttelte bedenklich den Kopf, wie ein Arzt, der ein Sterbebett verläßt, behielt sich jedoch einstweilen seinen guten Rat sowie seine Vorschläge zur Verbesserung der Dinge vor.

Mit den Lastpferden war es fast noch schlimmer, denn diese hatten kürzlich die Frühlingsbestellung vollendet; die Schafe hatten nichts zu fressen als Rinde, nachdem sie längst die Blätter an den Reisigbündeln abgenagt hatten. Die Schweine waren so schlank wie Jagdhunde; die Hühner liefen wie wild umher, und die Düngerhaufen lagen beliebig zerstreut, während das Wasser nach Gefallen in kleinen Strömen abfließen konnte.

Nachdem alles besehen und in bejammernswertem Zustande befunden war, erklärte Carlsson, daß hier nichts weiter zu tun sei, als das Messer zu gebrauchen.

»Sechs Kühe, die Milch geben, sind besser als zwölf, die hungern!« Und dann untersuchte er die Euter und die Milchzeichen und bezeichnete mit großer Sicherheit die sechs, die fett gemacht und an die Schlachter verkauft werden sollten.

Gustav erhob Einspruch, Carlsson bestand aber darauf, daß sie sterben sollten. Sie sollten sterben, so wahr er lebte!

Und dann sollte eine andere Ordnung in die Sache kommen. Vor allen Dingen aber müsse gutes, trockenes Heu gekauft werden, ehe das Vieh losgelassen und in den Wald getrieben würde.

Als Gustav hörte, daß die Rede vom Heukaufen war, machte er die lebhaftesten Einwendungen, Geld für etwas auszugeben, das man selber erzeugen könne; die Alte aber schloß ihm den Mund mit der Erklärung, daß er von diesen Dingen nichts verstehe.

Und nach allerlei weniger wichtigen vorbereitenden Beschlüssen verließ man den Wirtschaftshof und wanderte aufs Feld hinaus. Hier lagen weite Strecken brach.

»Du großer Gott!« rief Carlsson bedauernd aus, als er eine so veraltete Behandlung eines so guten Bodens erblickte. »Herr des Himmels! Das ist doch geradezu kindlich! Kein Mensch in der ganzen Welt läßt die Felder mehr brachliegen, man benutzt sie eben zu Kleefeldern. Wenn man jedes Jahr ernten kann, weshalb es dann anders machen?«

Gustav meinte, daß man der Erde, wenn man jahraus, jahrein säen wollte, zu viel Kraft entzöge; die Erde bedürfe ebensogut der Ruhe wie der Mensch. Carlsson widerlegte diese Ansicht jedoch mit einer richtigen, wenngleich ein wenig unklaren Auseinandersetzung, wie der Klee den Boden dünge, statt ihn auszusaugen, während er gleichzeitig den Acker frei von Unkraut halte.

»Hat man je so was gehört? Klee, der düngt! So ein Blödsinn!« meinte Gustav, der Carlssons kurze Erklärung, daß die Grasgewächse ihre Hauptnahrung aus der Luft zögen, nicht verstehen konnte.

Dann wurden die Gräben untersucht und voller Grundwasser gefunden; sie waren zugewachsen und hatten schlechten Ablauf. Die Saat stand auf vereinzelten Stellen, als habe man eine Handvoll Saatkorn hierhin, eine andre dorthin geworfen, und dazwischen wuchs das üppigste Unkraut. Die Wiesen waren nicht bestellt; vorjähriges Laub bedeckte und erstickte das Gras gleich einem zusammengefilzten Kuchen. Die Zäune waren zerbrochen; die Brücken fehlten stellenweise gänzlich – kurz, alles war in einem so verkommenen Zustande, wie die Mutter es Gustav am vorhergehenden Abend geschildert hatte. Gustav hörte jedoch nicht auf Carlssons tiefsinnige Untersuchungen, er wies sie von sich wie etwas Unangenehmes, das man aus der Vorzeit an das Licht des Tages zog; er fürchtete sich vor der vielen Arbeit, die ihm in Aussicht gestellt wurde, und noch mehr vor den Ausgaben, die der Alten erwachsen würden.

Als sie später nach der Kälberkoppel abbogen, blieb Gustav ein wenig zurück, und als die andern in den Wald kamen, war er verschwunden. Anfangs rief ihm die Alte noch einige »Hallo!« nach, aber sie erhielt keine Antwort.

»Ja, dann muß er gehen«, meinte die Frau; »so ist es nun einmal mit Gustav, er ist immer so schlaff und träge, wenn er nicht mit der Flinte auf die See kommen kann. Aber daran muß Er sich nicht kehren,

Carlsson, denn er meint es nicht böse. Es ist die ganz natürliche Folge seiner Erziehung. Sein Vater wollte etwas Besseres aus ihm machen, er wollte nicht, daß er als Knecht dienen sollte, er ließ ihn tun, was ihm gefiel. Als er zwölf Jahre alt war, bekam er sein eigenes Boot und seine Flinte, und seit der Zeit ist er nicht zu halten gewesen. Aber jetzt geht es mit der Fischerei zurück, deshalb habe ich an den Grund und Boden denken müssen, der doch schließlich sicherer ist als die See. Und es wäre auch alles gegangen, wenn Gustav es nur verstanden hätte, mit den Leuten umzugehen; aber er muß sich nun immer mit den Knechten gemein machen, und da kommt die Arbeit natürlich nicht von der Stelle.«

»Nein, es taugt nichts, daß man die Leute verwöhnt«, fiel ihr Carlsson in die Rede; »und das wollte ich Euch sagen, Mutter, und zwar hier unter vier Augen, daß, wenn ich hier gleichsam die Stellung eines Verwalters einnehmen soll, ich im Zimmer essen und allein in der Kammer schlafen muß, sonst verschaffe ich mir keinen Respekt und kann mit den Leuten nicht auskommen.«

»Ja, Carlsson, sieh Er, was das Essen in der Stube betrifft«, antwortete die Alte bedenklich, während sie über den Erdwall schritt, »so läßt sich das nicht einrichten. Die Leute sind heutzutage nun einmal so, daß sie es nicht leiden, wenn man anderswo ißt als in der Küche zusammen mit ihnen; das wagte selbst Flod in der letzten Zeit nicht einmal, und auch Gustav hat es nie getan. Wollte man das tun, so würden sie aufsässig und hätten alle Augenblick etwas am Essen zu bemäkeln. Nein, daraus kann nichts werden. Daß Er aber oben auf der Kammer schläft, das ist was andres, und das läßt sich schon einrichten; übrigens sind die Leute wohl auch der Meinung, daß ihrer genug in der Küche sind, und Norman, denk ich, schläft lieber allein in seiner Bettstatt als mit einem andern zusammen.«

Carlsson hielt es für das richtigste, sich mit dem, was er erreicht hatte, zu begnügen, und so ließ er es vorläufig dabei bewenden.

Sie kamen nun in den Tannenwald, wo der Schnee noch stellenweise, beschmutzt mit Staub und herabgefallenen Tannennadeln, zwischen dem Geröll lag. In der glühend heißen Aprilsonne schwitzten die Tannen schon Harz aus, und an ihrem Fuße blühten weiße Anemonen, während unter den Haselbüschen ihre blauen Namensschwestern unter dem porösen Adernetz des dürren Laubes hervorguckten. Eine warme Feuchtigkeit entstieg dem moosbedeckten Boden; zwischen den Baumstämmen hindurch sah man das glänzende Spinnengewebe über der Hecke zittern, und weiterhin blaute die Bucht unter einer leichten Brise. Das Eichhörnchen nagte oben zwischen den Tannenzweigen, und der Specht hämmerte und schrie.

Die Alte trippelte auf dem festgetretenen Wege voran, über Tannenabfall und Wurzeln; und als Carlsson, der hinter ihr ging, sah, wie die Schuhsohlen sich unter ihren elastischen Schritten bogen und unter den Falten des Kleides verschwanden, fand er, daß sie ihm heute weit jünger erschien als gestern. Er fühlte sich veranlaßt, seiner Frühlingsstimmung Luft zu machen:

»Ihr könnt aber noch tüchtig marschieren, Mutter!«

»Ach, wo will Er hin? Man sollte glauben, Er wolle sich über eine alte Frau lustig machen.«

»Nein, ich meine stets, was ich sage«, versicherte Carlsson; »und wenn ich mit Euch Schritt halten soll, Mutter, so fange ich an zu schwitzen!«

»Wir wollen lieber nicht weitergehen«, erwiderte die Frau und hielt an, um Atem zu schöpfen, »Hier sieht Er nun den Wald, Carlsson, und hier haben wir im Sommer meistens das Vieh, wenn es nicht draußen auf dem Werder ist.«

Carlsson betrachtete den Wald mit sachkundigem Blick und fand, daß gutes Brennholz in Klaftern dastand und daß auf den Wurzeln vorzügliches Bauholz saß.

»Aber – das ist doch entsetzlich schlecht gehalten – und hier liegen ja Baumkronen und Reisig wirr durcheinander, so daß kein Teufel vorwärts kommen kann!«

»Ja, Carlsson, da sieht Er selber, wie es hier bestellt ist, und jetzt kann Er bestimmen und tun, was Er für das beste hält; Er wird alles aufs schönste ordnen, davon bin ich überzeugt, nicht wahr, Carlsson?«

»Ich will mein Teil schon tun, wenn die andern nur das ihre tun wollen, und dafür müßt Ihr sorgen, Mutter«, sagte Carlsson, der wohl fühlte, daß es keine Kleinigkeit war, sich eine Stellung als Korporal zu erobern, wo die Gemeinen länger im Dienst waren.

In eifriger Unterhaltung darüber, wie Carlsson am besten seine Herrschaft erlangen und bewahren könne – ein Umstand, den er der Alten als Hauptbedingung für den Aufschwung des Hofes hinstellte –, erreichten sie endlich das Haus. Die beiden Jäger waren mit ihren Flinten in den Wald gegangen, und Rundquist versteckte sich wohl wie gewöhnlich in irgendeinem sonnigen Winkel; dies pflegte stets der Fall zu sein, wenn man Gottes Wort hören sollte, Carlsson meinte, es könne auch ebensogut ohne Zuhörer gehen, und wenn die Mägde die Küchentür öffneten, könnten sie ja ein Wort abbekommen; während die Kochtöpfe brodelten. Und als die Alte ihre Bekümmernis aussprach, daß sie nicht lesen könne, war Carlsson sofort bereit, dies Amt zu übernehmen. –

Großer Gott! Er hatte seinerzeit beim Kammeradvokaten so viele Predigten gelesen, daß ihm das ein leichtes war.

Die Alte holte den Kalender herbei und suchte nach dem Text, der als am zweiten Sonntag nach Ostern von dem guten Hirten handelte. Carlsson holte dann Luthers Hauspostille von dem Bücherbrett herunter und nahm auf einem Stuhl mitten im Zimmer Platz, so daß er sich einbilden konnte, von einer ganzen Versammlung gesehen zu werden. Dann schlug er das Gesangbuch auf und begann mit lauter Stimme im Predigerton den Text vorzulesen, indem er die Stimme die ganze Tonskala auf und nieder laufen ließ, wie er das von den Kolporteuren gehört hatte.

»Zu jener Zeit sagte Jesus zu den Juden: Ich bin der gute Hirte; ein guter Hirte lässet sein Leben für die Schafe; ein Mietling aber, der nicht Hirte ist, des die Schafe nicht eigen sind, siehet den Wolf kommen und verlasset die Schafe und fleucht.«

Ein wunderbares Gefühl von persönlicher Verantwortlichkeit bemächtigte sich des Vorlesers, als er die Worte aussprach: »Ich bin der gute Hirte«, und er blickte zum Fenster hinaus, als suche er nach den geflüchteten Mietlingen: Norman und Rundquist.

Die Alte nickte traurig beistimmend und nahm die Katze auf den Schoß, als öffne sie die Arme dem verlorenen Schaf.

Carlsson aber las mit vor Rührung erstickter Stimme weiter, als habe er die Worte selber geschrieben:

»Der Mietling aber fleucht« – »ja, er fleucht«, setzte er hinzu – »denn er ist ein Mietling und achtet der Schafe nicht.«

»Ich bin der gute Hirte, und ich kenne die Meinen, und die Meinen kennen mich«, sagte er auswendig her, als sei es eine Stelle aus dem Katechismus. Dann senkte er die Stimme, schlug die Augen nieder, als sei er tief traurig über die Schlechtigkeit der Menschen, und fuhr seufzend fort, stark betonend und mit Seitenblicken, die etwas Listiges hatten, als wolle er einige unbekannte Spitzbuben angeben, ohne doch ihr öffentlicher Ankläger zu sein:

»Und habe noch andere Schafe, die sind nicht aus diesem Stall, und die muß ich herführen, und sie werden meine Stimme hören!« Und mit verklärtem Lächeln, prophetisch, hoffnungsvoll und mit reichem Trost flüsterte er: »Und es wird *ein* Hirte und *eine* Herde sein.«

»Und *eine* Herde!« wiederholte die Alte, welche an etwas ganz andres gedacht hatte als Carlsson.

Dann ergriff er die Postille; er machte einen Überschlag über die Zahl der Seiten und rümpfte die Nase, als er ausfindig machte, daß die Predigt »verteufelt lang sei«, – endlich faßte er jedoch Mut und begann. Die Behandlung des Themas paßte nicht ganz für seine Zwecke. Sie hielt sich mehr an die christlich-symbolische Seite der Sache, weswegen sein Interesse dafür nicht so lebhaft war als vorhin für den Text. In rasender Eile durchflog er die Spalten und vermehrte die Schnelligkeit noch, damit die Alte es nicht bemerke, wenn er beim Umschlagen zwei Blätter übersprang. Als er aber sah, daß er sich dem Schlusse näherte und bald an das Amen kam, las er in langsamerem Tempo; doch es war zu spät, denn beim letzten Umschlagen hatte er zu reichlich auf die Finger gespuckt und drei Blätter auf einmal genommen, und so stieß er ganz oben auf der neuen Seite auf das Amen, als sei er mit seiner Stirne gegen die Wand gerannt. Die Alte erwachte durch den Stoß und sah schlaftrunken nach der Uhr, weshalb Carlsson das Amen noch einmal mit einigen kleinen Variationen wiederholte: »Im Namen Gottes, des Vaters, des Sohnes und des Heiligen Geistes, und um Jesu Christi, unseres Erlösers, willen.«

Um den Schluß abzurunden und als Vergütung für das Ausgelassene betete er ein Vaterunser in so gemessenem Tone, daß die Alte, die mitten im Sonnenschein saß, wieder einnickte und Zeit bekam, richtig aufzuwachen, während Carlsson, um allen unangenehmen Erklärungen vorzubeugen, den Kopf in der linken Hand barg und ein stilles Gebet verrichtete, das nicht unterbrochen werden durfte.

Die Alte, die sich ihrerseits auch für verpflichtet hielt, wollte ihre Aufmerksamkeit während des Lesens bekunden und in selbstgewählten Ausdrücken zeigen, was sie gelernt hatte; sie wurde jedoch von Carlssons bestimmten Forderungen unterbrochen, die in Übereinstimmung mit den eigenen Worten des Textes und des Erlösers auseinandersetzten, daß es völlig unmöglich sei, wenn nicht ein Hirte da wäre und eine Herde! Nur ein einziger, einer für alle, einer, einer, einer!

Im selben Augenblick rief Klara zu Tisch, und jetzt erklangen aus dem Innern des Waldes ein paar frohe, beantwortende Rufe, die von einem Büchsenknall begleitet waren, und dem Schornstein der Schmiede entstieg, gleichsam wie aus einem hungrigen Magen kommend, Rundquists originelles »Hallo!«, das unverkennbar war.

Und gleich darauf sah man die verirrten Schafe leichten Schrittes den Fleischtöpfen zueilen. Sie wurden von der Alten ihrer Abwesenheit wegen mit Vorwürfen empfangen, aber keinem der Unschuldigen fehlte es an einer Antwort: sie versicherten, daß sie das Rufen nicht gehört hätten, sonst wären sie natürlich sofort gekommen.

Carlsson trat bei Tisch feierlich auf, wie es dem Sonntag entsprach; Rundquist aber sprach in mystischen Worten von den »wunderbaren« Fortschritten des Ackerbaus, so daß Carlsson begriff, daß der Alte bereits in die Oppositionspartei aufgenommen und eingeweiht worden war.

Nach dem Mittagessen, bei dem ein paar in Milch und ganzem Pfeffer gekochte Eidergänse als Hauptgericht fungierten, gingen die Männer abseits, um zu schlafen; Carlsson dagegen holte sein Gesangbuch aus der Kiste und setzte sich draußen auf einen trockenen Stein, den Rücken dem Stubenfenster zugewendet, was die Alte in hohem Grade entzückte. Bald nickte er jedoch ein wenig ein.

Nachdem eine genügende Zeit vergangen war, um die Andacht glaubwürdig erscheinen zu lassen, erhob sich Carlsson und trat, ohne anzuklopfen, in das Zimmer, wo er seinen Wunsch, die Kammer zu besichtigen, vorbrachte. Die Alte wollte Zeit gewinnen und schützte vor, daß dort erst gründlich reingemacht und allerlei verändert werden müsse; Carlsson aber bestand auf seinem Willen und wurde dann auf den Boden geführt, auf dem ganz oben, zwischen den Hahnenbalken, eine kleine viereckige Kajüte mit einem von einem blaugestreiften Vorhang verdeckten Fenster zusammengezimmert war. In der Kammer standen ein Bett und ein kleiner Tisch mit einer Wasserflasche. An der Wand hing etwas, das sich durch die weißen, schützenden Laken wie Kleidungsstücke ausnahm und sich auch bei näherer Besichtigung als solche herausstellte, denn hier ragte ein Rockkragen hervor, dort stahl sich ein Hosenbein heraus. Und darunter stand eine ganze Schwadron von Fußbekleidungen, von Männer- und Frauenstiefeln bunt durcheinander, und neben der Tür erblickte man eine mächtige, eisenbeschlagene Kiste mit einem Schlüsselschild von getriebenem Kupfer.

Carlsson zog den Vorhang zurück und öffnete das Fenster, um den erstickenden Dunst von Feuchtigkeit, Kampfer, Pfeffer und Wermut, der die Kammer erfüllte, herauszulassen. Dann legte er seine Mütze auf den Tisch und erklärte, daß er hier gut würde schlafen können, und als die Alte ihre Befürchtung aussprach, daß die Kälte einen schädlichen Einfluß auf seine Gesundheit haben könne, erklärte er, daß er gewohnt sei, in einem kalten Zimmer zu schlafen – ein Vorzug, auf den er in der warmen Küche verzichten müsse.

Die Alte meinte, daß es sich nicht so schnell machen ließe, sie wolle erst die Kleider fortnehmen, des Tabakrauchs wegen; aber Carlsson versprach, daß er gar nicht rauchen wolle, und bat und bettelte, daß die Kleider hängen blieben, die Mutter solle sich seinetwegen keine Umstände machen. Er wolle am Abend schnell in sein Bett kriechen und am Morgen sein Waschwasser ausgießen und sein Bett machen; niemand brauche zu ihm heraufzukommen, denn er könne wohl begreifen, daß die Mutter um ihre Sachen besorgt sei, und es schienen ja auch viele und gute Dinge zu sein.

Nachdem er die Bedenken der Alten überwunden, ging Carlsson hinab, schleppte seine Kiste und die Branntweinflasche hinauf, hing seine Jacke an einen Nagel am Fenster und stellte seine Wasserstiefel in die Nähe der übrigen.

Darauf bat er um eine Unterredung, bei der Gustav zugegen sein müsse, denn jetzt solle die Arbeit verteilt und jedem Mann sein Platz angewiesen werden.

Es machte einige Umstände, Gustavs habhaft zu werden. Schließlich ließ er sich überreden, eine kurze Zeit im Zimmer zu sitzen; er nahm aber nicht an den Verhandlungen teil, beantwortete die Fragen nur mit Einwendungen und machte Schwierigkeiten – mit einem Wort: er war streitsüchtig.

Carlsson versuchte, ihn mit Schmeicheleien zu gewinnen, mit Sachkenntnis zu zermalmen, ihm durch seine Überlegenheit als Älterer Achtung einzustoßen, aber es half alles nicht. Schließlich ermüdeten alle Teile, und ehe man sichs versah, war Gustav verschwunden.

Inzwischen war es Abend geworden, und die Sonne ging in einem Nebelschleier unter, der bald heraufzog und den Himmel mit leichtem Gewölk bedeckte. Die Luft war noch immer warm. Carlsson spazierte aufs Geratewohl die Wiese hinab und gelangte in die Pferdekoppel, von da wanderte er weiter unter den blühenden, erst halb belaubten Haselbüschen, die über dem Hohlweg, der zum Strand hinabführte, gleichsam einen Tunnel bildeten.

Plötzlich hielt er inne und erblickte zwischen den Büschen Gustav und Norman, die sich an einer Verengung des Weges gegen eine glatte Felswand gestellt hatten und, mit gespannten Flinten auf dem Anstand stehend, sich nach allen Seiten umsahen.

»Still! Da kommt er!« flüsterte Gustav, jedoch so laut, daß Carlsson es hören konnte, und in dem Glauben, daß von ihm die Rede sei, kroch er unter die Büsche.

Aber über die jungen Tannen kam ein Vogel geflogen, langsam und schwerfällig wie eine Eule mit schlaffen Schwingen, und gleich hinterher kam ein zweiter.

Ein Vogelschrei ward in der Luft hörbar und dann ein Paff! Paff! von beiden Büchsen, aus denen sich der Schrot und der Rauch in dichtem Strom ergoß.

Es knackte in den Zweigen der Birken, und eine Waldschnepfe fiel einen Steinwurf von Carlsson entfernt zur Erde.

Die Jäger liefen herzu und nahmen ihre Beute auf, was Veranlassung zu einem kurzen Wortwechsel gab.

»Die hat ihren Lohn bekommen«, sagte Norman und glättete die Brustfedern des noch warmen Vogels.

»Ich weiß jemanden, dem es auch nicht schaden würde, wenn er seinen Lohn bekäme!« meinte Gustav, der trotz seines Jagdfiebers von andern Gedanken erfüllt war. »Denke dir, so ein Bursche, der nun noch obendrein auf der Kammer schlafen soll!«

»Nein, wirklich! Soll er da schlafen?« fragte Norman.

»Ja, und dann soll Ordnung in das Ganze gebracht werden! Als ob wir nicht zehnmal besser wüßten, was Ordnung ist. Aber das ist ja eine alte Geschichte: neue Besen fegen am besten – solange sie neu sind, versteht sich; laß ihn nur ein wenig warten, da soll er den Besen schon zu sehen bekommen. Ich bin nicht der Mann danach, einem solchen Hausnarren aus dem Wege zu gehen! Laß ihn nur kommen, da soll er schon fühlen, wie es tut, hart zu sitzen, – Still! Nun kommt der andere Vogel!«

Die Jäger hatten von neuem geladen und begaben sich nun wieder an ihre alte Stellung in den Engpaß; Carlsson aber schlich sich vorsichtig fort, fest entschlossen, eine Angriffsstellung einzunehmen, sobald er mit den nötigen Vorbereitungen fertig war.

Als er am Abend auf seine Kammer kam, den Vorhang geschlossen und das Licht angezündet hatte, fühlte er sich im Anfang ein wenig bedrückt von der Einsamkeit, die ihn umgab; ein Gefühl der Sehnsucht nach den Menschen, von denen er sich abgesondert hatte, überkam ihn. Er war stets daran gewöhnt gewesen, zu allen Zeiten des Tages mit andern zusammen zu sein, angeredet zu werden und, wenn er sprechen wollte, einen Zuhörer zu haben. Jetzt war es überall still, so still, daß er aus alter Gewohnheit erwartete, angeredet zu werden und Stimmen zu hören, wo keine waren; und sein Kopf, der sich bis dahin in Worten von dem Ballast der Gedanken befreit hatte, füllte sich jetzt mit einem Überschuß unverbrauchten Gedankensamens, welcher wuchs, drängte und sich in einer beliebigen Form zu befreien suchte, wodurch eine Unruhe im Körper erzeugt wurde, die ihn keinen Schlaf finden ließ.

Deshalb begann er auf Socken zwischen Tür und Fenster in der engen Kammer auf und nieder zu gehen und seine Gedanken auf die Arbeit des nächsten Tages zu konzentrieren; er ordnete die Geschäfte im Kopfe, verteilte sie, machte sich auf Widersprüche gefaßt, überwand Hindernisse und hatte nach einer Stunde Arbeit Ruhe und Fassung wiedererlangt; sein Kopf war jetzt so geordnet und liniiert wie ein Hauptbuch, in dem alle Posten eingetragen und zusammengezählt sind, so daß man mit einem Blick den Status übersehen kann.

Dann ging er zu Bett, und als er sich allein in den frischen Laken befand, ohne befürchten zu müssen, daß ihn jemand stören würde, fühlte er sich gleichsam erst Herr seiner eigenen Person; er kam sich vor wie ein Ableger, der Wurzeln geschlagen hat und nun bereit ist, sich vom Mutterstamm zu trennen und sein eigenes Leben im eigenen Kampf zu leben, mit größeren Schwierigkeiten, wohl aber auch mit größerer Lust.

Und so schlief er ein, um dem Montagmorgen des Lebens und der Arbeitswoche mit frischen Kräften entgegenzugehen.

Drittes Kapitel

Der Knecht spielt seinen Trumpf aus, wird Herr im Hause und lehrt die jungen Hähne sich beugen

Der Brachsen spielte, die Wacholderbüsche trieben junge Schösse, die Hecken blühten, und Carlsson säte Frühlingssaat, wo der Frost das Winterkorn beschädigt hatte; er schlachtete sechs Kühe und kaufte trockenes Heu für die andern, so daß sie wieder auf die Beine kamen und in den Wald hinausgelassen werden konnten; er räumte und ordnete und hatte eine gewisse Gabe, die Leute in Tritt zu bringen, gegen die jeder Widerstand erlahmte.

Auf einem kleinen Hof in Wermland von ziemlich unbestimmbaren Eltern geboren, zeigte er schon früh eine entschiedene Abneigung gegen jegliche körperliche Arbeit, dagegen eine unglaubliche Erfindungsgabe, wo es darauf ankam, dieser langweiligen Folge des Sündenfalls zu entgehen.

Außerdem beseelte ihn eine Lust, die verschiedenen Seiten des Lebens kennen zu lernen, weshalb er niemals lange an einem Orte blieb; sobald er seinen Zweck erreicht hatte, suchte er sich einen neuen Wirkungskreis, und auf diese Weise war er vom Schmiedehandwerk zum Ackerbau übergegangen, hatte sich als Stallknecht versucht, war eine Zeitlang Handelsmann und dann Gärtner, Eisenbahnarbeiter, Ziegelbrenner und schließlich Kolporteur gewesen. Unter allen diesen Wandlungen hatte er sich eine gewisse Elastizität angeeignet, ein Talent, sich in alle Verhältnisse und in alle Menschen zu finden, ihre Absichten zu verstehen, ihre Gedanken zu lesen und ihre geheimsten Wünsche zu erraten. Mit andern Worten: er verstand es, seine Umgebung zu beherrschen, und infolge seiner Vielseitigkeit eignete er sich besser zum Regieren und Leiten als zum Gehorchen – es war ihm eine Unmöglichkeit, das Rad unter dem Wagen zu sein, auf dem dieser fahren sollte.

Durch einen Zufall auf seinen neuen Platz geführt, begriff er sofort, daß er sich hier nützlich machen könne, daß er imstande sei, aus dem jetzt Wertlosen eine Erwerbsquelle zu schaffen; er wußte, daß er bald geschätzt und schließlich unentbehrlich sein würde. So hatte er denn ein bestimmtes Ziel für seine Arbeit gefunden, und als feste Hoffnung, als treibende Kraft stand ihm die Belohnung in Aussicht, die ihm in

Form einer verbesserten Stellung winkte. Scheinbar und auch faktisch arbeitete er für die andern, aber gleichzeitig war er seines Glückes Schmied, und wenn er es nur so einrichtete, daß es aussah, als opfere er seine Zeit und seine Kräfte dem Vorteil der andern, so zeigte er dadurch, daß er klüger war als mancher, der dasselbe getan haben würde, der es aber nicht fertig brachte.

Das größte Hindernis, das sich ihm in den Weg stellte, war der Sohn. Mit dem ausgesprochenen Hang des Fischers und Jägers für alles Ungewisse, für jegliche Überraschung, verband sich bei ihm eine bestimmte Abneigung gegen alles Geordnete, Sichere. Wenn man säte, meinte er, so erhielt man doch nur höchstens die Hälfte des berechneten Ertrages, niemals mehr, oft jedoch weit weniger, als man erwartet habe. Ging man hingegen auf die Seevogeljagd, so konnte es kommen, daß man einen Seehund erlegte, und lag man einen halben Tag draußen zwischen den Klippen auf der Lauer nach Fischenten, so konnte es wohl der Eidergans einfallen, sich gerade vor den Flintenlauf zu legen; stets war da irgend etwas und oft etwas ganz andres, als was man erwartet hatte. Übrigens wurde die Jagd auch jetzt noch, nachdem das Privilegium der oberen Klassen auf diese aufgehoben war, als etwas weit Vornehmeres betrachtet, als hinter dem Pflug und dem Düngerwagen herzugehen; und diese Art von Klassifizierung der verschiedenen Arbeiten hatte so tiefe Wurzeln in der Bevölkerung geschlagen, daß es beispielsweise durchaus nicht leicht war, jeden Knecht zu bewegen, mit Ochsen zu fahren, weil diese zu fahren nicht für »fein« galt.

Ein zweiter Stein des Anstoßes war Rundquist. Im Grunde war er ein alter Schlaukopf, der es auf seine Weise versucht hatte, sich das irdische Paradies zu erobern. Von jeglicher schweren Arbeit entbunden und durch lange Mittagsschläfchen und starke Schnäpse verzogen, hatte er es verstanden, sich teils durch vorgespiegelte Kenntnis verborgener Dinge, teils durch seine Art und Weise, alles Ernste fortzuscherzen, im Notfall wohl auch durch vorgeschützte geistige Schwäche und körperliche Kränklichkeit eine höchst angenehme Stellung zu verschaffen. Außerdem verstand er, den Schafen zur Ader zu lassen, glaubte, daß er vermittels einer Wünschelrute imstande sei, Quellen zu entdecken und Barsche in das Netz zu locken; er kurierte allerhand leichte Krankheiten bei andern, behielt aber die seinen für sich, prophezeite beim Neumond gutes Wetter, nachdem es volle vier Wochen hindurch geregnet hatte, und opferte das kleine Geld andrer unter einem großen Stein am Strande, um damit das Kommen des Herings zu bezwecken. Aber er kannte auch eine Menge Bosheiten; so behauptete er zum Beispiel, daß er imstande sei, Unkraut auf den Acker des Nachbars zu zaubern, Hexenschuß herbeizuwünschen und dergleichen mehr, weshalb man ihn fürchtete und ihn sich gern zum Freunde hielt.

Die Verdienste, die er besaß und durch die er sich unentbehrlich gemacht hatte, bestanden in seiner Schmiede- und Tischlerkunst, und was ihn zu einem gefährlichen Gegner für Carlsson machte, war der Umstand, daß er stets das tat, was in die Augen fiel, während alles, was Carlsson im Kuhstall und im Felde ausrichtete, nicht weiter bemerkt wurde.

Und dann war Norman da, ein tüchtiger Arbeiter, der Gustavs mächtigem Einfluß entzogen und der regelmäßigen Arbeit auf dem Lande wieder zurückgewonnen werden mußte.

Carlsson hatte folglich ein gutes Stück Arbeit vor sich; auch mußte er eine nicht geringe Portion Staatskunst entfalten, um durchzudringen, – er war aber der Klügste, und deshalb trug er den Sieg davon.

Mit Gustav nahm er den Kampf gar nicht auf; der durfte seiner Wege gehen, nachdem Carlsson seinen Bundesgenossen mit Hilfe kleiner Begünstigungen an sich gelockt hatte. Und es war nicht schwer, denn Gustav war, offengestanden, ein wenig geizig, und Norman wurde auf den Jagdfahrten im allgemeinen nur als Ruderknecht benutzt und erhielt niemals die Erlaubnis, den ersten Schuß zu tun. Bekam er hin und wieder einmal einen Schnaps, so nahm Gustav in aller Stille deren drei, so daß die Vorteile, die Carlsson für ihn in Gestalt von erhöhtem Lohn, einem Paar Strümpfe, einem Hemd und andern Kleinigkeiten auszuwirken vermochte, im Verein mit Carlssons steigender Machtstellung Gustavs getreuen Verbündeten bald abtrünnig machten. Damit war der Jagdlust des Sohnes ein Hemmschuh angelegt, denn es war nicht amüsant, allein auf See zu gehen, und in Ermanglung von Gesellschaft schloß er sich den Arbeitenden an. Mit Rundquist ging die Sache nicht so leicht; der Fisch war alt und schlau, aber auch ihn gelang es ins Hütfaß zu sperren.

Statt Geld unter die Steine zu legen, ließ Carlsson die Netze ausbessern und mit neuen Tauen versehen, und siehe da, die Heringe blieben reichlicher hängen denn je zuvor; statt mit der Wünschelrute nach neuen Quellen zu suchen, ließ Carlsson den alten Brunnen ausmauern und reinigen, baute einen Trog darum und versah ihn mit einem

Pumpenschwengel, und damit war die Wünschelrute überflüssig geworden. Statt die Kühe zu besprechen und Feuer über ihnen zu schlagen, pflegte er sie und versorgte sie mit trockener Streu. Schmiedete Rundquist Hufeisennägel, so fabrizierte Carlsson eiserne Klammern; konnte Rundquist eine Harke schnitzen, so verfertigte Carlsson sowohl Pflüge als Walzen.

Als sich aber Rundquist beiseite geschoben und aus seinem Maulwurfsdasein aufgeschreckt sah, suchte er nach mehr in die Augen fallenden Kunstgriffen. Er fing an, das Haus aufzuputzen, schaffte allen Unrat fort, der sich im Laufe des Winters in der Nähe desselben angesammelt hatte, nahm sich der Hühner und Katzen an und verfertigte eine neue Klinke für die Tür.

»Nein, welch ein Prachtkerl Rundquist ist, er hat sogar eine neue Klinke an die alte Tür gesetzt«, hörte Carlsson die Mägde in der Küche sagen; »ja, das läßt man sich gefallen!«

Aber Carlsson war wie ein Pfeil hinterdrein, und eines schönen Morgens war der Feuerherd geweißt, den nächsten waren alle Wassertonnen grün angestrichen, mit schwarzen Bändern und weißen Herzen, ein andres Mal lag das Brennholz unter einem Dach, das Carlsson auf dem Holzhof hinter dem Salzkeller zusammengeschlagen hatte. Carlsson hatte vom Feind gelernt, die Großmacht der Küche zu erobern, und vermittels des neuen Pumpenschwengels war er unwiderstehlich geworden.

Aber Rundquist war zähe und hinterlistig, und einmal in der Nacht vom Samstag auf den Sonntag machte er sich daran, den Abort feuerrot anzustreichen. Carlsson jedoch, der ihn belauscht hatte, vermochte Norman gegen einen Pägel Branntwein zur Hilfeleistung zu bewegen, und in der Nacht vor dem Trinitatissonntag hörte die Alte ein seltsames Kratzen und Klatschen an den Wänden des Hauses; da sie aber zu müde war, um sich danach umzusehen, gewahrte sie erst am nächsten Morgen, daß das Haus über Nacht glutrot geworden war, mit weißen Fenstersprossen und weißem Beschlag. Und damit waren Rundquists Kräfte so erschöpft, daß er es aufgab, diesen für sein Alter zu anstrengenden Kampf fortzusetzen. Man lachte nun über seinen köstlichen Geschmack, seine Verschönerungsarbeiten bei dem Abort zu beginnen, und als richtiger Renegat machte Norman einen Witz, der später ein geflügeltes Wort wurde und der ungefähr folgendermaßen lautete: »›Man muß stets beim richtigen Ende anfangen‹, sagte Rundquist und strich den Abort zuerst an.« Der Alte gab jetzt die Schlacht verloren, aber nur zum Schein; er wartete ganz im stillen auf eine Gelegenheit, wo er einen neuen Versuch wagen oder einen vorteilhaften Frieden schließen konnte.

Gustav ließ alles seinen Gang gehen, er schaute zu und fand, daß es gut war, wie es eben war. ›Pflügt ihr nur‹, dachte er, ›ich werde seinerzeit schon ernten.‹

Bis dahin hatte Carlssons Wirksamkeit noch keine sonderliche Ausbeute geben können; denn das Geld, das für die verkauften Kühe eingenommen war, hatte allerdings einige Tage im Sekretär gelegen und beim Aufzählen einen sehr guten Eindruck gemacht, aber es war gar bald wieder herausgerollt und hatte eine empfindliche Leere hinterlassen.

Indessen nahte der Sommer heran. Carlsson hatte viel zu tun gehabt, und infolgedessen fehlte ihm die Zeit zum Spazierengehen. Nun ging er eines Sonntagnachmittags auf den Berg hinaus und sah um sich; dabei bemerkte er das Hauptgebäude, das mit seinen herabgelassenen Vorhängen so tot dalag. Neugierig, wie er war, ging er hinauf und faßte an die Tür; sie war offen. Er schlich durch den Vorbau und fand eine Küche; ging weiter und gelangte in ein großes Zimmer, das ganz herrschaftlich aussah; dort waren weiße Gardinen, ein Mahagonibett mit Messingbeschlag, ein Spiegel in vergoldetem Rahmen und facettiertem Glas – er wußte, daß das etwas Feines war –, ein Sofa, ein Sekretär, ein Ofen, genau wie auf einem Gut. Und auf der andern Seite lag ein ebenso großes Zimmer mit einem Kochherd, Eßtisch, Bettstätten und einer Wanduhr. – Erstaunen und Respekt überkam ihn, Gefühle, die allmählich in Mitleid und Verachtung für den geringen Geschäftssinn der Besitzer übergingen. Völlig starr war er aber, als er entdeckte, daß das Haus außerdem noch zwei Kammern mit mehreren behaglich eingerichteten Betten enthielt.

»Du großer Gott«, sagte er halblaut zu sich selber, »so viele Betten und keine Badegäste!«

Ganz berauscht von dem Gedanken an die mögliche Einnahme, begab er sich zu der Alten und hielt ihr die unverantwortliche Nachlässigkeit vor, deren sie sich schuldig mache, wenn sie das geräumige Haus nicht an Sommergäste vermiete.

»Aber bester Carlsson, wir bekommen doch keine, wer will hier wohl wohnen!« stöhnte sie.

»Woher wißt Ihr das, Mutter? Habt Ihr es etwa schon versucht, das Haus zu vermieten? Habt Ihr es jemals in die Zeitung gerückt?«

»Das wäre nur Geld ins Wasser geworfen«, meinte die Alte.

»Man wirft auch die Netze ins Wasser, aber das muß man tun, denn wer nicht wagt, der gewinnt nicht.«

»Man kann es ja immer einmal versuchen, aber Badegäste bekommen wir doch nicht«, schloß die Alte, die nicht mehr an die Erfüllung von Wünschen glaubte.

Acht Tage später kam ein feiner Herr die Wiese herabgegangen und sah sich nach allen Seiten um. Er näherte sich und wurde bei seiner Ankunft auf dem Hofe nur von dem Hund begrüßt; denn die Leute hatten sich, nachdem sie draußen gestanden und den Fremden angeglotzt hatten, ihrer Gewohnheit gemäß verschämt in die Stube und Küche zurückgezogen. Erst als er die Tür erreichte, trat Carlsson als der Mutigste heraus.

Der Fremde hatte eine Anzeige in der Zeitung gelesen.

»Ja, das war hier!« Und dann wurde er zu dem Hauptgebäude geführt. Er war sehr befriedigt, und Carlsson versprach alle möglichen Verbesserungen, alles, was der Herr verlangte, wenn er sich nur sofort entschließen wolle, es seien mehrere Liebhaber da, die Jahreszeit wäre schon sehr vorgeschritten. Der Fremde, dem es scheinbar die schöne Lage des Ortes angetan hatte, beeilte sich zuzuschlagen, und nach gegenseitigen sehr eingehenden Fragen nach Familienverhältnissen und dergleichen mehr nahm er Abschied.

Carlsson begleitete ihn bis an die Pforte und stürzte dann ins Haus, wo er siebzig Kronen in Reichsbankscheinen und einen Fünfkronenschein der Privatbank vor seiner Herrin und deren Sohn auf den Tisch legte.

»Ach, das ist ja entsetzlich, so viel Geld von den Leuten zu nehmen!« seufzte die Alte. Gustav dagegen fand, daß es ein guter Handel sei; und zum ersten Male drückte er Carlsson seine Anerkennung aus, als dieser erzählte, wie er den Herrn mit der Lüge von den vielen Liebhabern gepreßt habe.

Geld auf dem Tisch! Das war ein Triumph für Carlsson, und er sprach auch einen Ton lauter nach dem Siege, bei dem seine Erfahrungen im Handel ihm zugute gekommen waren. Aber es war nicht allein das bare Geld für die Miete, das auf sie herabgeregnet war: da waren noch allerhand andere Vorteile in Aussicht, die Carlsson in flüchtigen Zügen vor den lauschenden Zuhörern entwickelte.

Es würden Fische, Milch, Eier und Butter verkauft werden, und auch für das Brennmaterial müßten die Fremden bezahlen, gar nicht zu reden von dem Botenlohn nach Dalarö, den man gut mit einer Krone jedesmal berechnen könne. Und dann könnte man ein Kalb verkaufen, ein Schaf, ein Huhn, das nicht mehr legen wollte, und Kartoffeln und Gemüse. Ach ja, da würde noch mancherlei abfallen, und dann war es ein so feiner, gentiler Herr!

Mittsommerabend langten die erwarteten Goldfische an. Es waren der Herr, seine Frau, eine sechzehnjährige Tochter, ein sechsjähriger Sohn und zwei Dienstmädchen. Der Herr war Violinist an der Hofkapelle, lebte in guten Verhältnissen und war ein friedliebender Mann, Anfang der Vierziger. Er war von Geburt ein Deutscher, und es wurde ihm ein wenig schwer, die Inselbewohner zu verstehen. Seine Frau war eine ordentliche Dame, die sich um ihr Hauswesen und ihre Kinder kümmerte und sich durch ein würdevolles Auftreten bei den Mädchen in Respekt zu setzen wußte, ohne daß sie nötig hatte, wie ein Gewitter zu toben oder sich des Bestechungssystems zu bedienen.

Als der am wenigsten Schüchterne und der, welchem das Wort am besten zu Gebote stand, übernahm Carlsson gleich die Fremden, wozu er auch ein Vorrecht zu haben vermeinte, da er sie auf die Insel gelockt hatte; außerdem besaß keiner der andern die nötige Dreistigkeit oder die geselligen Talente, um ihm den Rang streitig zu machen.

Die Ankunft der Städter auf der Insel verfehlte nicht, einen gewissen Einfluß auf die Sitten und Gedanken der Eingeborenen auszuüben. Täglich sonntäglich gekleidete Menschen zu sehen, für die jeder Tag ein Sonntag war, die ohne Ziel spazieren gingen und ruderten, die fischten, ohne sich etwas aus den Fischen zu machen, die badeten, musizierten und sich die Zeit vertrieben, als gäbe es keine Sorgen und keine Arbeit auf dieser Welt, – das alles erweckte anfangs keinen Neid, sondern nur Erstaunen, daß das Leben sich so gestalten konnte, sowie Bewunderung für diese Menschen, die imstande waren, sich ihr Leben so angenehm einzurichten, so ruhig, so reinlich und fein, ohne daß man sagen konnte, daß sie ein Unrecht begingen oder die Armen aussogen. Unbemerkt und allmählich aber fingen die Bewohner von Hemsö an, sich sehnsüchtigen Träumen hinzugeben und verstohlene Blicke nach dem Hauptgebäude zu werfen; sahen sie ein helles Sommerkleid draußen auf der Wiese schimmern, so standen sie still und genossen den Anblick, als sei er etwas Schönes; erblickten sie einen weißen Schleier auf einem italienischen Strohhut, ein rotseidenes Band um eine schlanke Taille in einem Boot auf der Bucht zwischen den Tannen des Waldes, so wurden sie schweigsam und feierlich gestimmt; sie sehnten sich nach etwas, ohne zu wissen, was es war, nach einem unbestimmten Etwas, das sie nicht zu hoffen wagten, das sie aber doch unwiderstehlich zu sich hinzog.

Die Unterhaltungen wie das ganze Leben in der Küche und in dem alten Hause nahmen eine weniger lärmende Form an; Carlsson trug stets ein reines, weißes Hemd und ging jeden Tag mit einer blauen Tuchmütze; auch nahm er allmählich die Gestalt eines Verwalters an, hatte eine Bleifeder hinterm Ohr oder auch in der Brusttasche und rauchte zuweilen eine billige Zigarre.

Gustav dagegen zog sich zurück, hielt sich so entfernt wie möglich, um es zu vermeiden, daß man ihn zum Gegenstand eines Vergleichs machte. Er sprach bitter über Städter im allgemeinen, hatte es häufiger als bis dahin nötig, sich und die andern an das auf der Bank befindliche Geld zu erinnern, und machte lange Umwege, um das Haupthaus und die hellen Kleider zu vermeiden.

Rundquist ging finsteren Blicks einher, hielt sich größtenteils in der Schmiede auf und erklärte, daß sich seinetwegen die ganze Welt zum Teufel scheren könnte. Norman aber setzte seine Soldatenmütze auf, spannte den Leibriemen über die Jacke und machte kleine Besuche beim Brunnen, wohin die herrschaftlichen Mädchen des Morgens und des Abends zu kommen pflegten.

Am schlimmsten war es für Klara und Lotte, die bald sahen, wie das ganze männliche Geschlecht feig abfiel und den städtischen Dienstmädchen nachlief, die sich auf Briefen Mamsell titulieren ließen und, wenn sie nach Dalarö fuhren, einen Hut trugen. Klara und Lotte mußten barfuß gehen, denn auf dem Wirtschaftshofe war es zu naß, die Schuhe würden dort bald ruiniert sein, und auf der Wiese wie in der Küche war es zu warm, um in Schuhen zu gehen. Sie trugen dunkle Kleider und konnten wegen des Rauches, des Schweißes und Staubes, dem sie ausgesetzt waren, nichts Weißes am Halse tragen. Klara hatte einmal einen Versuch mit Manschetten gemacht, was ihr jedoch übel bekam; es wurde sofort entdeckt, und man machte sich noch lange lustig darüber, daß sie die Konkurrenz mit den Fremden hatte aufnehmen wollen. Am Sonntag aber entschädigten sie sich und legten eine Feierlichkeit an den Tag, wie man sie seit Jahr und Tag nicht gesehen, und das alles einzig und allein des Sonntagsstaats wegen.

Carlsson hatte stets irgendein Geschäft beim Professor und stand auch regelmäßig vor dem Ausbau still, wenn jemand dort saß, fragte nach dem Befinden, prophezeite gutes Wetter, schlug Ausflüge vor, gab Ratschläge und Aufklärungen, die Fischerei betreffend, und erhielt hin und wieder ein Glas Bier oder einen Kognak, so daß die andern ihn schließlich beschuldigten, er wolle sich einschmeicheln.

Am Samstag, wenn die städtische Köchin nach Dalarö hinüber mußte, um Einkäufe zu machen, entstand gewöhnlich ein Streit, wer mit ihr hinübersegeln sollte; Carlsson entschied die Sache sehr einfach zu seinem eignen Vorteil, denn das kleine schwarzäugige, hellgekleidete Mädchen hatte einen tiefen Eindruck auf ihn gemacht, und wenn die Alte Einspruch erhob, daß Carlsson, der wichtigste und erste Mann auf dem Hofe, zu den Botengängen benutzt werde, so erwiderte er, daß der Professor sich persönlich an ihn gewendet habe, weil wichtige Briefe zur Post zu befördern seien. Gustav, der eigentlich gegen seinen Willen einen großen Eifer für diese Botengänge an den Tag legte, meinte, daß er die Briefe ebensogut besorgen könne; dann aber antwortete Carlsson auf das bestimmteste, daß davon keine Rede sein dürfe, er würde es dem Herrn nie erlauben, sich so zu erniedrigen, denn dann hätten die Leute allen Grund zu übler Nachrede. Und dabei blieb es.

Diese Fahrten nach Dalarö waren nicht ohne Vorteile, und das wußte der schlaue Bursche wohl. Erstens konnte man mit einem schönen Mädchen während der Seefahrt ungestört zusammen sitzen und so viel dummes Zeug reden, wie man wollte; dann folgte hinterdrein noch eine Bewirtung und ein reichliches Trinkgeld, und in Dalarö machte er sich bei dieser Gelegenheit alle Kaufleute zu Freunden. Dafür, daß er ihnen einen neuen Kunden verschaffte, erhielt er von dem einen ein Trinkgeld, von dem andern einen Schnaps und von einem dritten eine Zigarre; und dann gab es ihm ein gewisses Ansehen bei diesen Leuten, wenn er mit einer Bestellung von dem Professor kam und an gewöhnlichen Alltagen fein gekleidet und in Begleitung einer Stockholmer Mamsell auftrat.

Diese Fahrten nach Dalarö fanden jedoch nur einmal wöchentlich statt und übten keinen weiteren Einfluß auf den regelmäßigen Gang der Arbeit aus; denn Carlsson war schlau genug, den Knechten an den Tagen, wo er abwesend war, Akkordarbeit zu geben: sie mußten soundso viele Klafter graben, soundso viele Furchen pflügen oder soundso viele Bäume fällen; nach dieser Arbeit waren sie dann frei – eine Einrichtung, auf die sie gern eingingen, weil sie dadurch immerhin früher Feierabend machen konnten.

Wenn die Arbeit geprüft und nachgesehen wurde, kam die Bleifeder und das jüngst eingeführte Notizbuch zu Ehren, und Carlsson gewöhnte sich daran, als Verwalter aufzutreten und die Arbeit allmählich auf die Schultern andrer zu schieben. Gleichzeitig richtete er auch sein Schlafzimmer zu seiner privaten Junggesellenstube ein. Das Tabakrauchen war bereits längst eingeführt, und auf dem Tisch am Fenster prangten ein grünes Tintenfaß, ein Federhalter, eine Bleifeder, einige Bogen Schreibpapier, sowie zwei Leuchter und ein Ständer für Schwefelhölzer, so daß er aussah wie ein Schreibtisch. Das Fenster ging nach dem Hauptgebäude hinaus, und hier saß er in seinen Mußestunden, beobachtete die Bewegungen der Herrschaft und zeigte gleichzeitig seine Gewandtheit in der Schreibkunst. Am Abend öffnete er das Fenster, stützte die Ellbogen auf das Fensterbrett und saß da oben, aus seiner Pfeife dampfend oder einen aus der Tasche hervorgesuchten Zigarrenstummel rauchend; zuweilen las er auch ein Wochenblatt, was ihm von unten das Aussehen eines ›Proprietärs‹, des Besitzers des ganzen Hofes, gab.

Wenn es dunkel ward und er Licht angezündet hatte, legte er sich aufs Bett und rauchte. Das war die Zeit des Träumens und Pläneschmiedens. Er baute Luftschlösser auf noch nicht eingetroffene Umstände, die sich möglicherweise, wenn das Glück ihm hold war, einstellen konnten.

Während er an einem solchen Abend auf dem Rücken lag und blaue Wolken in die Luft blies, um die Mücken zu vertreiben, und während seine Augen auf das weiße Laken gerichtet waren, das die Kleider bedeckte, glitt dieses plötzlich herab. Gleich dem Schatten eines Regiments Soldaten sah er die Garderobe des Verstorbenen an der gegenüberliegenden Wand aufmarschieren, sich nach dem Fenster zu und wieder zur Tür zurückbewegen, je nachdem der Luftzug die Flamme des Lichts hin und her wehte; es kam ihm vor, als erblicke er den Toten in allen den Schatten, die die Kleidungsstücke auf die gewürfelte Tapete warfen. Hier kam der alte Flod in seinem blauen Friesrock und der grauen Hose, wie er am Steuer in der Schmacke gesessen, wenn er mit Fischen zur Stadt segelte und dann im Wirtshause »Zur Messingstange« saß und Toddy mit den Fischhändlern trank. Hier erschien er im schwarzen Tuchrock mit langen, flatternden Beinkleidern, wie er an Abendmahlstagen zur

Kirche zu gehn pflegte, wie er zu Hochzeiten, Kindtaufen und Begräbnissen gekleidet war; hier hing die schwarze Schaffelljacke, in der er im Frühling und im Herbst am Strande arbeitete; hier machte der große Seehundpelz sich breit; er zeigte noch die Spuren des Weihnachtsschmauses, wo das letzte Glas abgebrannten Punsches im Pelz getrunken worden war; und der aus grüner, gelber und roter Wolle gestrickte Reiseschal wand sich wie eine große Seeschlange auf dem Boden und steckte den Kopf in einen Stiefelschaft.

Carlsson wurde es ganz warm ums Herz, als er sich vorstellte, wie er selber in dem prächtigen, seidenweichen Pelz mit einer dazu passenden Mütze im Schlitten übers Eis dahinsauste und wie die Nachbarn die Weihnachtsgäste mit Strandfeuern und Büchsenschüssen empfingen. Er malte es sich aus, wie er in die warme Stube trat, die Überkleider abwarf und jetzt in dem schwarzen Tuchrock dastand, von dem Prediger mit »du« angeredet wurde und den Platz am oberen Ende des Tisches einnahm, während die Knechte an der Tür standen oder sich an die Fensterbank lehnten.

Der Gedanke an die ersehnten Herrlichkeiten wurde so lebhaft, daß Carlsson vom Bett aufsprang und, ehe er sich darüber klar ward, den Seehundpelz umschlug und jetzt mitten im Zimmer stand, die Ärmelaufschläge mit der Hand glatt streichend. Es fuhr ihm wie ein elektrischer Strom durch den ganzen Körper, als er die kitzelnde Berührung des Kragens auf seinen Wangen empfand. Dann zog er den schwarzen Gesellschaftsrock an, knöpfte ihn zu und stellte seinen Rasierspiegel auf den Stuhl, um sehen zu können, wie der Rock im Rücken saß; er steckte die Hand in den Brustlatz und ging im Zimmer auf und nieder. Dem seidenweichen Tuch entstieg ein Gefühl des Reichtums; es hatte etwas Wohlhabendes, Befriedigendes an sich, als er bedächtig die Rockschöße aufnahm, ehe er sich auf die Bettkante setzte, – er hatte die Empfindung, als wäre er auf Besuch.

Während er so in seine berauschenden Träume versunken dasaß, hörte er lebhafte Stimmen von untenher an sein Ohr dringen, und als er lauschte, erkannte er, daß es Idas und Normans Stimmen waren, die sich ineinander verschlangen, sich vereinigten, gleichsam nebeneinander herschritten und sich küßten. Das durchzuckte ihn plötzlich; in einem Nu hatte er den Rock und den Pelz wieder an den Nagel unter das Laken gehängt und ging jetzt, die brennende Zigarre im Munde, die Treppe hinab.

Bis dahin hatte es Carlsson, beschäftigt wie er war und von ernsten Gedanken in Anspruch genommen, stets ängstlich vermieden, sich mit den Mägden näher einzulassen; denn er wußte wohl, wie zeitraubend das war, auch war er sich klar darüber, daß er im selben Augenblick, wo er das Feuer nach dieser Seite hin eröffnete, vor einer Niederlage nicht sicher sei; und war er erst auf diesem Felde geschlagen, so war es aus mit seiner Macht und mit seinem Ansehen.

Jetzt dagegen, wo diese anerkannte Schönheit sich herabgelassen hatte, das Ziel eines Wettstreites zu sein, wo der Sieger so viel zu gewinnen hatte, sah er sich aufgefordert, die Sporen zu benützen, den Kamm zu zeigen; und fest entschlossen, der einzige Hahn im Korbe zu sein, begab er sich auf den Holzhof, wo das Spiel bereits im vollen Gange war. Ärgerlich war es im Grunde doch, daß er sich gerade mit Norman messen sollte; wäre es noch Gustav gewesen, aber dieser jämmerliche kleine Kerl von Norman! Nun, er sollte seinen Lohn schon bekommen!

»Guten Abend, Ida«, begann er, indem er tat, als sähe er seinen Gegner nicht, der ungern seinen Platz am Gitter verließ, den Carlsson sogleich einnahm.

Und dann begann er das Spiel, seine ganze überlegene Beredsamkeit benutzend, während Ida Kien und Brennholz in den Korb sammelte, so daß Norman keine Gelegenheit hatte, ein Wort zu sagen. Ida aber war launenhaft wie die Witterung beim Mondwechsel und warf Norman leise Bemerkungen hin, die Carlsson jedoch auffing und verdoppelt zurückgab. Die Schöne, die Gefallen an dem Kampfe fand, bat indessen Norman, ihr ein wenig Brennholz zu spalten.

Ehe der Glückliche jedoch Zeit gewann, sich der Tür zu nähern, war Carlsson bereits über das spitze Gitterwerk gekrochen, hatte sein Taschenmesser herausgezogen und ein Stück trockenes Tannenholz ausgesucht, das er zerspaltete und nach Verlauf weniger Minuten in Gestalt dünner Splitter wieder in den Korb legte. Er nahm das Ganze auf den kleinen Finger und trug es in die Küche, wohin ihm Ida folgte. Hier blieb er am Türpfosten stehen, so daß niemand aus noch ein konnte. Und Norman, der in der Küche nichts zu schaffen hatte, ging mehrmals auf dem Holzhofe auf und ab, grübelte über den leicht errungenen Sieg der Frechen hier im Leben nach, bis er es am passendsten fand, zu verschwinden und seiner Klage, auf dem Wassertroge am Brunnen sitzend, in einem »Schottischen« Luft zu machen, den er seiner Handharmonika entlockte.

Die weichen Töne, die den Bleizungen der Klaviatur entströmten, drangen durch die dicke Abendluft an dem Türpfosten vorbei und erreichten den Thron der Barmherzigkeit am Feuerherd; denn jetzt fiel es Ida plötzlich ein, daß sie Trinkwasser für den Professor vom Brunnen holen müsse, und Carlsson begleitete sie, diesmal jedoch etwas unsicher, denn nun erstreckte sich der Kampf auf ein fremdes Gebiet. Um die Wirkungen der verhexenden Locktöne zu vernichten, ergriff er Idas Kupfereimer und flüsterte ihr so wohllautende, schmachtende Zärtlichkeiten zu, als wolle er die verführerische Musik in Worte übertragen und das Solo zu einem untergeordneten Akkompagnement machen; aber als sie eben beim Brunnen angelangt waren, vernahmen sie die Rufe der Frau vom Hause her. Sie rief nach Carlsson, und an dem Tone konnte man merken, daß es eilte. Zuerst wurde er ärgerlich und nahm sich vor, überhaupt nicht zu antworten; aber dann fuhr der Teufel in Norman, der mit gellender Stimme zu schreien begann: »Hier, Mutter! Er kommt gleich!«

Mit tausend frommen Wünschen, daß sich der falsche Spielmann zur Hölle scheren möge, mußte sich der Sieger aus den Armen der Liebe losreißen und die halberrungene Beute dem Schwächeren überlassen, der sein Liebesglück nur einem Zufall zu verdanken hatte.

Die Frau rief noch einmal, und in gereiztem Tone antwortete Carlsson, er komme, so schnell er nur könne.

»Will Carlsson nicht hereinkommen und einen Schluck nehmen?« fragte die Frau, die auf dem Vorbau stand und die Augen mit der Hand beschattete, um zu sehen, ob er allein käme.

Carlsson war im allgemeinen gar nicht abgeneigt, einen Schluck zu nehmen, doch in diesem Augenblicke wünschte er allen Kaffee und Branntwein zum Teufel; aber er konnte doch nicht nein sagen, und unter dem Akkompagnement von Normans »Norrkjöpinger Scharfschützenmarsch«, der siegessicher und höhnend aus der Nähe des Brunnens ertönte, mußte er hinein ins Zimmer. Die Alte war liebenswürdiger als sonst, und Carlsson fand sie häßlicher und älter als gewöhnlich; je entgegenkommender sie sich zeigte, desto verdrossener wurde Carlsson, was sie schließlich zu einem Stadium von Zärtlichkeit brachte.

»Ja, Carlsson«, sagte die Alte endlich, indem sie ihm die Tasse wieder vollschenkte, »es wird jetzt Zeit, daß wir zu der Heuernte in der nächsten Woche einladen, und deshalb wollte ich gern ein Wort mit Ihm reden.«

Hier schwieg die Harmonika mitten in den schmelzendsten Akkorden; Carlsson lauschte mit gespanntester Aufmerksamkeit und brachte zögernd, ohne sonderlichen Zusammenhang einige Worte hervor.

»Ja – ach – freilich ja – die Heuernte in der nächsten Woche – –«

»Und deshalb wünschte ich«, fuhr die Frau fort, »daß Carlsson sich mit Klara aufmachen und zu dem Fest einladen sollte; denn ich möchte doch gerne, daß Carlsson auch einmal unter die Leute kommt und sich ein wenig zeigt, denn das kann niemals schaden.«

»Ja, am Sonnabend kann ich aber nicht«, sagte Carlsson unfreundlich; »denn dann muß ich für den Professor nach Dalarö.«

»Nun, das eine Mal könnte Norman das wohl auch besorgen«, meinte Frau Flod und wendete ihm den Rücken zu, um die Miene nicht zu sehen, die er annehmen würde.

Im selben Augenblick erklangen von draußen her einige weiche, von Pausen unterbrochene Takte, die sich zu entfernen schienen und in der Sommernacht erstarben.

Der kalte Schweiß perlte auf Carlssons Stirne; er goß den Kaffeepunsch hinunter und hatte ein Gefühl, als läge ihm ein Stein auf der Brust, als lagerte sich ein dichter Nebel vor seine Augen – eine völlige Erschlaffung der Nerven.

»Das kann Norman nicht«, stieß er heraus; »Norman kann nicht alle Besorgungen für den Professor ausrichten, und – und – er ist nicht betraut.« »Ja, aber ich habe mich bei dem Professor erkundigt«, unterbrach ihn die Frau, »und er sagte mir, daß er am Sonnabend nichts zu besorgen habe.«

Carlsson kam sich wie verheert vor. Die Alte hatte ihn gleichsam in einer Mausefalle gefangen, jetzt gab es keine Rettung mehr für ihn. Und seine Gedanken waren so geteilt, daß es ihm schwer ward, seinen Vorteil zu verfechten. Dies bemerkte die Alte wohl und begann deshalb das Eisen zu schmieden, solange es noch warm war.

»Hör Er nun einmal, Carlsson«, sagte sie, »Er muß es sich nicht nahegehen lassen, was ich jetzt sage, denn ich meine es gut mit ihm.«

»Zum Teufel auch, Ihr könnt sagen, was Ihr wollt, denn jetzt ist es mir völlig gleichgültig«, brauste Carlsson auf, während er die Töne der Harmonika in immer weiterer Entfernung auf der Wiese verklingen hörte.

»Ja, denn – ich wollte nur sagen, daß Carlsson sich zu gut dafür halten sollte, den Mädchen nachzulaufen, denn dabei kommt doch schließlich nichts heraus. Ja, ja, ich weiß es und kenne die Geschichte, und, Carlsson, ich sage es in der besten Absicht. Solche Dirnen aus der Stadt müssen immer einen ganzen Schwarm Mannsvolk um sich haben, denn das soll nach was aussehen, und dann wird hier geliebäugelt und da schöngetan; und wenn sie mit dem einen in den Wald gehen, so gehen sie sicher nachher mit dem andern auf die Wiese, und wenn dann was passiert, so lassen sie den die Last tragen, auf dessen Schulter sie sie am leichtesten wälzen können. So geht es nun mal.«

»Ich schere mich den Teufel darum, was die Knechte tun!«

»Na ja, nehme Er es nur nicht so übel auf«, tröstete die Alte. »Ein Mann wie Carlsson soll daran denken, sich zu verheiraten – dann kann man sich auf solche Scherereien mit losen Frauenzimmern und ihren Angelegenheiten nicht einlassen; hier in der Gegend sind viele reiche Mädchen, und wenn Er vernünftig ist und seinen Vorteil zu wahren weiß, kann Er, ehe Er sichs versieht, sein eigener Herr werden; und deshalb darf Carlsson nicht eigensinnig sein, Er muß auf meinen Rat hören und herumgehen und zur Heuernte einladen. Bedenk Er, daß ich nicht einen jeden darum bitten würde, und ich werde auch schon Verdruß genug mit meinem Sohn deswegen bekommen; aber das ist mir einerlei, und den, für den ich mich interessiere, den stütz ich auch, darauf kann Er sich verlassen.«

Carlsson fing nun an, sich zu beruhigen; er sah den Vorteil ein, der für ihn daraus erwachsen würde, wenn er als Repräsentant des Hofes auftrat; aber er war doch noch zu erregt, um seine Flamme einer ungewissen Aussicht wegen aufzugeben, und er empfand das Bedürfnis, sich erst eines Handgeldes zu versichern, ehe er auf das Geschäft einging. Dann steckte er den Köder an den Angelhaken und warf diesen aus:

»Ich kann mich aber nicht so, wie ich jetzt aussehe, auf den Weg machen, ohne ordentliche Ausstattung.«

»Nun, was das anbelangt, so ließe sich schon Rat schaffen«, meinte Madame Flod; »ist es weiter nichts, so hat die Sache keine Gefahr.«

Weiter wollte Carlsson die Sache nicht treiben; aber er beschloß, dies Anerbieten gegen ein Versprechen einzutauschen, und es gelang ihm auch, mit der Alten abzumachen, daß Norman, der beim Schleifen der Sensen und beim Ausbessern des Heubodens unentbehrlich sei, zu Hause bleiben sollte, während Lotte diesmal die Besorgungen in Dalarö machen würde.

Es ist drei Uhr morgens an einem Julitage zu Anfang des Monats.

Der Schornstein raucht schon, und der Teekessel steht auf dem Feuer; das ganze Haus ist in Bewegung, und draußen auf dem Hügel ist ein langer Kaffeetisch gedeckt. Die Erntearbeiter, die am vorhergehenden Abend gekommen sind, haben auf dem Heuboden und in der Scheune geschlafen, und zwölf kräftige junge Burschen stehen in weißen Hemdärmeln mit Strohhüten gruppenweise vor dem Hause, mit Sensen und Wetzsteinen bewaffnet. Da sind Männer aus Avassan und Svinnokarn, alt und gebeugt vom Rudern; da sind Aspömänner mit ihren Riesenbärten, um eines Kopfes Länge alle andern überragend – ihr Blick ist tief und melancholisch, eine Folge des einsamen Lebens draußen am Saum des Meeres und der Sorgen ohne Namen, ohne Klage; da ist der Greis aus Fjellangarn, eckig und verkrüppelt gleich der Zwergtanne draußen auf der äußersten Klippe; der Mann aus Tiversatraöen, mager, wettergebräunt, lebhaft und trocken; die als Bootbauer berühmten Quarnöer, die Leute aus Langoiskär, die besten Seehundschützen, und der Arnöbauer mit seinen Söhnen.

Und um sie herum und zwischen ihnen trippeln die Mädchen in Hemdärmeln, das Brusttuch über dem Busen, in hellen Baumwollkleidern und mit Tüchern über dem Kopfe. Die Rechen, die in allen Regenbogenfarben strahlen, haben sie selber mitgebracht, und es sieht weit eher aus, als ginge es zu einem Fest als an die Arbeit. Die Alten stießen sie vertraulich in die Seite und scherzten mit ihnen, während die jungen Leute sich zu so früher Morgenstunde noch zurückhalten und den Abend mit seiner Dämmerung, mit Tanz und Musik abwarten, – erst dann kommt die Zelt der Liebeständelei.

Die Sonne war bereits seit einer Viertelstunde aufgegangen, stand aber noch nicht hoch genug über den Wipfeln des Tannenwaldes, um den Tau vom Grase trinken zu können; spiegelblank lag die Bucht da, eingerahmt von dem lichtgrünen Schilf, aus dem das Piepsen der jüngst ausgekrochenen Entlein, vermischt mit dem Schnattern der Eltern, drang. Die Seemöwen fischten ihren Morgenimbiß und schwebten groß, schneeweiß, mit ausgebreiteten Flügeln gleich den Gipsengeln in den Kirchen über dem Wasser; im Eichbaum erwachten die Elstern und schrien und schwatzten über die vielen Hemdärmel, die sie auf dem Hügel gesehen hatten. Der Kuckuck rief draußen auf dem Anger, im Roggenfelde schlug der Wachtelkönig; oben auf dem Hügel aber sprang der Hund umher und begrüßte die alten Bekannten, und die Hemdärmel und Hemdkragen blitzten im Sonnenschein, breiteten sich über den Kaffeetisch, wo mit Tassen, Schüsseln, Gläsern und Kannen geklirrt wurde, während die Bewirtung ihren Anfang nahm.

Gustav, der sonst so schüchtern war, hatte die Rolle des Wirts übernommen, und da er sich unter den alten Freunden seines Vaters heimisch fühlte, machte er Carlsson überflüssig und besorgte selber das Einschenken des Branntweins. Carlsson aber, der schon auf seiner Einladungsreise Bekanntschaften gemacht hatte, trat wie zu Hause als älterer Verwandter oder Gast auf und ließ sich nötigen. Zehn Jahre älter als Gustav, mit vollausgewachsenem männlichem Äußern, war es für ihn ein leichtes, ihn in den Schatten zu stellen, um so mehr, als Gustav in den Augen der Männer, die sich mit seinem Vater geduzt hatten, doch stets der Knabe blieb.

Inzwischen war der Kaffee getrunken, die Sonne stand höher am Himmel, und die Veteranen setzten sich in Bewegung hinab nach der großen Wiese, die Sensen auf der Schulter, gefolgt von den Knechten und Mägden.

Das Gras reichte ihnen bis an die Lenden und stand so dicht wie die Haare auf einem wolligen Fell, so daß Carlsson einen genauen Bericht von seiner neuen Wiesenbestellung geben mußte. Er tat dies, indem er erzählte, wie er dir Wiese vom vorjährigen Laube hatte säubern und die Maulwurfhügel ebnen lassen, wie er dann die Froststellen frisch besät und mit Jauche berieselt hatte. Dann ordnete er seine Truppe wie ein Hauptmann, wies den Alten und Vermögenden die Ehrenplätze an und ging selbst als letzter hinterdrein, wodurch er es vermied, in der Menge zu verschwinden. Auf diese Weise rückte die Schlachtordnung vor: zwei Dutzend weiße Hemdärmel in Keilordnung gleich einem Volk Schwäne, Sense hinter Sense, und in buntem Durcheinander – wie ein Schwarm Seeschwalben – kamen die Mädchen mit ihren Rechen, die sie munter hin und her bewegten, ohne doch die Ordnung zu unterbrechen, eine jede ihrem Mäher folgend.

Das taufrische Gras fiel in dichten Haufen unter dem Sausen der Sensen, und Seite an Seite lagen alle Blumen des Sommers, die sich über den Wald und den Anger hinausgewagt hatten. Da waren Glockenblumen und Sauerklee, Vergißmeinnicht und Butterblumen, wilder Kerbel, wilde Nelken, Eppich, Schierling, Klee und alles, was die Wiesen an Gras und Grasarten tragen; es duftete so süß nach Honig und Gewürzen, und Bienen und Hummeln entflohen in großen Schwärmen den Mörderscharen; die Maulwürfe verkrochen sich in das Eingeweide der Erde, sobald sie hörten, wie ihr gebrechliches Dach erbebte; die Natter schlängelte sich erschreckt in den Graben hinab und schlüpfte, so schnell sie konnte, in ein Loch; hoch über dem Walplatz aber schwebte ein Lerchenpaar, dessen Nest von einem Stiefelabsatz zertreten war, und als Nachtrab trippelten die Stare hinterdrein, alles mögliche Gewürm, das in dem glühenden Sonnenschein zum Vorschein gekommen war, aufsammelnd und zerstückelnd.

Der erste Umgang reichte ganz hinaus bis an den Rain, und jetzt hielten die Kämpfer inne, indem sie sich auf ihre Waffen stützten und das Zerstörungswerk betrachteten, das sie hinter sich zurückgelassen hatten; dann wurde der Schweiß getrocknet und ein neuer Priem aus der Messingdose genommen; inzwischen hatten auch die Mädchen sich beeilt, die Frontlinie zu erreichen.

Und bald geht es von neuem darauflos, hinein in das grüne Blütenmeer, wo die wachsende Morgenbrise die Wogen in Bewegung setzt; bald zeigt sich dies Meer in bunten, prangenden Farben, wenn die weniger biegsamen Stengel und Köpfe der Blumen aus den samtweichen Wellen der Gräser hervorragen, bald zeigt es sich eben und grün wie das Meer bei Windstille.

Es liegt ein Fest in der Luft, und bei der Arbeit herrscht ein Wettstreit; man will sich lieber in die Sonnenglut hinausstürzen, als daß man die Sense beiseite stellt. Carlsson hat des Professors Ida zum Aufsammeln hinter sich, und da er der Letzte in der Reihe ist, kann er sich ohne Gefahr für seine Waden umwenden, um ihr hin und wieder ein Wort zuzuwerfen. Norman aber, der schräg vor ihm geht, bewacht er scharf, und sooft der es versucht, einen vielsagenden Blick in südöstlicher Richtung zu werfen, fühlt er sofort Carlssons Sense an seinen Fersen, und ein mehr unfreundlicher als wohlgemeinter Zuruf: »Nimm die Beine in acht, du!« ertönt hinter ihm.

Als die Uhr acht schlug, lag die Quellwiese gleich einem frisch besäten Acker so flach wie eine Hand da, und das Gras war in langen Schwaden ausgebreitet. Jetzt wird das Werk in Augenschein genommen und die Schwaden untersucht, und Rundquist ist derjenige, der dem Urteilsspruch der Jury verfällt; denn wo er gemäht hat, da sieht es aus, als hätten die Elfen einen Tanz aufgeführt, so uneben ist es. Rundquist aber verteidigt sich damit, daß er die Mäherin habe ansehen müssen; es passiere ihm nicht jeden Tag, daß ihm ein Mädchen nachliefe.

Und jetzt ruft Klara oben auf dem Hügel zum Frühstück; die Branntweinflasche blitzt in der Sonne, und das Dünnbierfäßchen wird angestochen. Auf dem Herd brodeln im Kessel die Kartoffeln, und die Heringe dampfen auf der Schüssel; die Butter ist aufgelegt, das Brot geschnitten, die Schnäpse werden eingeschenkt, und das Frühstück ist in vollem Gange.

Carlsson ist gelobt worden und fühlt sich siegesstolz. Ida ist gnädig gegen ihn, und er bedient sie mit der größten Aufmerksamkeit, aber sie ist auch die Schönheit des Tages. Madame Flod, die mit Tellern und Schüsseln aus und ein läuft, streicht oft an den beiden vorüber, zu oft, als daß es Ida nicht hätte merken sollen. Carlsson merkt jedoch nichts, bis ihm die Alte leise mit dem Ellbogen in den Rücken stößt und ihm zuflüstert:

»Carlsson soll den Wirt machen und Gustav helfen; Er soll so tun, als wäre Er hier zu Hause.«

Carlsson hat aber nur Augen und Ohren für Ida und antwortet der Alten mit einem Scherz. Da kommt jedoch Line, das Kindermädchen des Professors, und erinnert Ida, daß sie jetzt zum Reinigen der Zimmer nach Hause kommen müsse. Darüber entsteht großer Kummer und Bewegung unter den Knechten, während die Betrübnis der Mädchen nur eine mäßige ist.

»Wer soll nun hinter mir her harken, wenn ich kein Mädchen mehr habe?« ruft Carlsson in erheuchelter Verzweiflung aus, denn er will darunter seine schlechte Laune verbergen.

»Das muß Mutter wohl tun«, meint Rundquist, von dem man behauptete, daß er Augen im Rücken habe.

»Ja, Mutter soll harken!« riefen die Knechte im Chor, »Mutter soll mit uns harken!«

Die Alte wehrt den Sturm mit der Schürze ab. »Herr du meines Lebens! Soll ich alte Frau es noch mit den jungen Mädchen aufnehmen? Nein, um keinen Preis der Welt tu ich das! Ihr seid nicht recht bei Sinnen!«

Aber der Widerstand reizt.

»Nehm Er nur die Alte!« flüstert Rundquist Carlsson zu, während Normans Antlitz sich aufklärt und das Gustavs sich zusehends verfinstert.

Da blieb ihr denn keine Wahl, und unter Hurrarufen und Gelächter läuft Carlsson ins Haus, um die eigene Harke der Alten zu holen, die irgendwo auf dem Boden liegt. Doch die Alte läuft ihm schreiend nach, indem sie ausruft: »Nein, um Gottes willen! Er darf mir nicht da oben zwischen meinen Sachen kramen!«

Und dann verschwinden die beiden unter den lauten und scharfen Bemerkungen der Zurückbleibenden. »Mir deucht«, unterbricht endlich Rundquist eine eingetretene Pause, »mir deucht, sie bleiben ziemlich lange aus. Geh nach, Norman, und sieh zu, was ihnen zugestoßen sein kann.«

Stürmischer Beifall ermutigt den Ehrgeizigen fortzufahren:

»Was können sie nur da oben machen? Nein, das geht wirklich nicht an; kann mir das einer von euch sagen? Ich werde ganz unruhig bei der Sache!«

Gustav wurde dunkelblau um die Lippen, aber er zwang sich, in das Gelächter der andern einzustimmen.

»Gott sei mir armem Sünder gnädig!« fuhr Rundquist im selben Tone fort; »aber jetzt halte ich es nicht länger aus, ich muß sehen, was sie da machen.«

Im selben Augenblick erscheinen Carlsson und die Alte in der Tür mit der Harke. Die ist fein angestrichen und mit zwei Herzen und der Jahreszahl 1852 geschmückt, es ist die Harke der Alten aus ihrer Brautzeit; Flod hatte sie selbst angefertigt und Erbsen in den Schaft getan, die rasselten, sobald man die Harke bewegte. Die Erinnerung an die Freuden der Vergangenheit hatten den Sinn der Alten lebhaft erregt, und ohne jegliche Spur von verletzter Eitelkeit zeigte sie auf die Jahreszahl und sagte:

»Es ist eine ganze Reihe von Jahren her, seit Flod die Harke machte …«

»Und du Braut warst«, fiel ihr der Svinnokarn in die Rede.

»Das kannst du wohl noch einmal werden«, meinte ein andrer.

»Auf Ferkel von sechs Wochen und Witwen von zwei Jahren kann man sich niemals verlassen!« neckte ein dritter.

»Altes Holz brennt am hellsten!« platzte noch ein andrer heraus.

Und so warf jeder seinen Span ins Feuer. Die Alte aber lächelte nur und wehrte die Reden ab; sie machte gute Miene und scherzte selber mit, denn es half ja nichts, ärgerlich zu werden.

So bewegte sich denn der Zug dem Moor zu, wo das Riedgras wie ein Tannenwald stand und das Wasser den Knechten bis an die Stiefelschäfte ging. Die Mädchen zogen Schuhe und Strümpfe aus und hängten sie auf den Zaun.

Die Alte harkte und tummelte sich, so daß sie schon hinter Carlsson war, ehe noch eine der andern begonnen hatte; viele neckische Worte mußten die »beiden Jungen« wie sie genannt wurden, hören.

Und so wurde es Mittag und Abend. Der Spielmann war mit seiner Violine gekommen, die Tenne war abgeräumt und gefegt, und die ärgsten Risse waren mit Pech verkittet. Bei Sonnenuntergang begann der Tanz.

Carlsson eröffnete den Ball mit Ida, die ein schwarzes Kleid mit viereckigem Ausschnitt und einen Maria-Stuart-Kragen trug. Sie war die von den Bauernmädchen beneidete Dame, die den Alten Ehrfurcht, den Jungen aber sehnsüchtiges Verlangen einflößte.

Carlsson war der einzige, der sich auf den neuen Walzer verstand, und deshalb nahm Ida ihn auch einmal nach dem andern, nachdem ein Versuch im Dreitrittwalzer mit Norman mißglückt war, weshalb dieser, als er aus dem Feld geschlagen war, es für das richtigste hielt, sich an die Harmonika zu halten, teils um seinen Herzenskummer auszuschütten, teils um eine letzte Leimrute zu stellen, vermittels der er den schönen, treulosen Vogel fangen wollte, den er schon vor Wochen in der Hand zu haben glaubte, der aber gleich darauf auf dem Dache saß und mit einem andern schnäbelte.

Carlsson fand indessen das Akkompagnement überflüssig, weil er selbst einen richtigen Spielmann bestellt hatte und die asthmatische Harmonika wirklich nicht gut zu der leichtfüßigen Violine paßte, sondern den Takt störte und den Tanz in Unordnung brachte. Als die öffentliche Meinung über die Unbrauchbarkeit der Harmonika genügend vorbereitet schien, nahm Carlsson, glücklich über die günstige Gelegenheit, den Nebenbuhler abzutrumpfen, den Mund sehr voll und rief dem unglücklichen Liebhaber, der zusammengekauert in einer Ecke saß, quer über die Tenne zu:

»Halt nun auf, Norman! Leg ein Schloß vor den Sack, und wenn du die Trommelkrankheit hast, kannst du ja auf den Hügel hinaufgehen und dir den Atem ausklemmen!«

Die öffentliche Meinung gab sich durch beifälliges Lächeln gegen den Sünder zu erkennen. Norman hatte aber bereits etwas im Kopf; Idas Maria-Stuart-Krause hatte bis dahin ungeahnte Kräfte in ihm erweckt, so daß er den hingeworfenen Handschuh sofort aufnahm.

»Halt auf!« äffte er Carlsson nach, der sich unversehens seiner Heimatsprache bedient hatte, die stets zum Gelächter der andern Anlaß gab. »Komm du nur heraus auf den Hügel, dann will ich dir schon Bescheid geben!«

Carlsson fand die Lage noch nicht drohend genug, um sich seiner Fäuste zu bedienen, deshalb hielt er sich einstweilen noch an das unschuldigere Wortgefecht.

Als Norman jedoch auf seine Herkunft aus Wermland anspielte, fühlte er sich in seiner Nationalehre verletzt, und nachdem er sich eine Weile vergebens besonnen hatte, wie er den Gegner am empfindlichsten beleidigen und die Lacher auf seine Seite bringen könnte, entschloß er sich, direkt auf den Feind loszugehen. Er ergriff ihn bei der Weste und schleppte ihn vor die Tür. Die Mädchen stellten sich in der Türöffnung auf, um dem Kampf zuzuschauen, und es fiel niemandem ein, sich ins Mittel zu legen.

Norman war klein und untersetzt, Carlsson voll ausgewachsen und stärker. In einem Nu warf der letztere den Rock, der nicht beschädigt werden durfte, ab, und dann stießen die Kämpfer aufeinander: Norman mit dem Kopfe voran, wie die Lotsen es ihn gelehrt hatten; Carlsson aber packte ihn und versetzte ihm einen so heftigen Stoß in die Flanken, daß Norman auf den Kehrichthaufen niederstürzte, gleich einem aufgerollten Stachelschwein.

»Du Lümmel!« schrie er, außerstande, sich länger mit den Fäusten zu verteidigen.

Carlsson schäumte vor Wut, und nachdem er vergebens nach einer passenden Antwort gesucht hatte, setzte er seine Knie auf die Brust des Gefallenen und bearbeitete ihn gehörig mit den Fäusten. Norman spie und biß um sich, erhielt aber zuletzt eine Handvoll Streu in den Mund.

»Nun will ich dir das Maul reinscheuern!« Und mit einem Strohwisch, den er von dem Kehrichthaufen genommen, rieb Carlsson den Überwundenen, bis seine Nase zu bluten anfing. Aber das machte dem hitzigen, keuchenden Norman Luft, und nun schleuderte er dem Sieger seinen ganzen Vorrat von Schimpfworten ins Gesicht, und dieser war nicht imstande, ihm den Mund zu stopfen.

Die Musik war verstummt, der Tanz hatte aufgehört, und die Zuschauer hatten ihre Bemerkungen über den Wort- und Faustkampf gemacht, dem sie mit derselben Gemütsruhe zusahen, wie einem Schlachtfeste oder einem Tanzgelage, obwohl die Alten doch Carlssons Angriffe für weniger regelrecht hielten, als es die alte Prügelsitte erforderte. Aber plötzlich erklang ein Schrei, der den Haufen zerteilte und die allgemeine Feststimmung verscheuchte:

»Er gebraucht ein Messer!« schrie eine Stimme; man konnte nicht sehen, wer von den beiden es war.

»Ein Messer!« wiederholten die Zuschauer.

»Kein Messer! Fort mit dem Messer!«

Und dann umringte man die Kämpfenden; Norman, dem es gelungen war, sein Taschenmesser zu öffnen, wurde entwaffnet und wieder auf die Beine gebracht, nachdem man Carlsson gewaltsam von ihm losgerissen hatte.

»Ihr könnt euch prügeln, Burschen; aber das Messer bleibt aus dem Spiel!« lautete die Entscheidung des alten Svinnokarn.

Carlsson zog seinen Rock an und knöpfte ihn über seiner zerrissenen Weste zusammen, Norman jedoch hing der eine Hemdärmel in Fetzen bis auf das Bein herab. Mit zerschlagenem Gesicht, schmutzig und blutig, hielt er es für das geratenste, hinter dem Hause zu verschwinden, um seine Niederlage vor den Mädchen zu verbergen.

Mit dem frohen Selbstbewußtsein des Siegers und des Überlegenen trat Carlsson jetzt wieder im Ballsaale auf, und nachdem er einen Schluck genommen, setzte er das Spiel mit Ida fort, die ihn mit Wärme, fast mit Bewunderung empfing.

Der Tanz ging wie ein Dreschwerk, und die Dämmerung war bereits hereingebrochen; die Schnapsgläser machten wieder und wieder die Runde, und man beschäftigte sich nicht mehr so lebhaft mit dem Tun und Lassen des lieben Nächsten. Deswegen war es Carlsson möglich, mit Ida die Scheune zu verlassen und den Feldzaun zu erreichen; aber als das Mädchen eben über den Zauntritt gelangt war und Carlsson noch am Zaun stand, vernahm er Madame Flods Stimme, ohne daß es ihm möglich gewesen wäre, die Frau im Halbdunkel zu sehen.

»Carlsson! Ist Carlsson da? Will Er nicht kommen und einen Tanz mit seiner Gehilfin von heut morgen wagen?«

Carlsson antwortete nicht, sondern schlich sich leise wie ein Fuchs über den Zaun hinüber.

Aber die Alte hatte nicht nur ihn, sondern auch noch obendrein Idas weißes Taschentuch gesehen, das sie um die Taille gebunden hatte, um ihr Kleid gegen schweißige Hände zu schützen. Nachdem sie noch einmal gerufen hatte, ohne Antwort zu erhalten, ging sie ihnen nach und kam über die Stiege auf das eingehegte Feld. Es war stockdunkel auf dem

Wege unter den Haselbüschen, und sie sah nur etwas Weißes, das in dem Schwarzen zu ertrinken schien und schließlich in dem langen Tunnel verschwand. Sie wollte den beiden nachlaufen, aber im selben Augenblick vernahm sie Stimmen neben dem Zaun, eine gröbere und eine wohlklingendere, beide jedoch gedämpft und, als sie näher kamen, flüsternd. Gustav und Klara kletterten über den Zauntritt, er knackte unter den unsicheren Tritten des jungen Mannes, und von zwei starken Armen gehoben, schwang sich Klara hinüber. Die Alte verbarg sich hinter den Büschen, während die Jungen, sich zärtlich umschlungen haltend, tanzend, singend, küssend an ihr vorüberzogen, geradeso, wie auch sie einmal getanzt, gesungen und geküßt hatte. Noch einmal knackte der Zauntritt: es war der Quarnöer Knecht, der gleich einem jungen Füllen hinübersprang, und oben auf dem Zaun, gerötet vom Tanz, mit ausgelassenem Lächeln, das alle ihre weißen Zähne entblößte, stand das Mädchen aus Fjellang. Dann legte sie die erhobenen Arme hinter den Nacken zurück und tat, als wolle sie sich fallen lassen, worauf sie sich mit kurz herausgestoßenem Gelächter und weitgeöffneten Nasenlöchern in die Arme des Burschen stürzte, der sie mit einem langen Kuß in Empfang nahm und sie ins Dunkel hineintrug.

Die Alte stand hinter dem Haselbusch und sah Paar auf Paar kommen und wieder gehen, genau wie in ihrer Jugend, und die alten Gluten, die unter zweijähriger Asche verborgen gewesen, schlugen wieder in hellen Flammen auf.

Inzwischen hatte die Violine nach und nach ihre Wirksamkeit eingestellt; Mitternacht war vorüber, und der junge Tag schimmerte schon schwach dort drüben über dem Walde nach Norden zu. Der Lärm in der Scheune ward gedämpfter, und einzelne Hurrarufe von der Wiese her ließen erkennen, daß sich die Tanzgesellschaft aufgelöst hatte, daß die Heimfahrt der Schnitter nahe bevorstand. Sie mußte hingehen und Lebewohl sagen. Als sie auf den Steig hinauskam, wo das Dunkel sich lichtete, so daß man die grüne Farbe des Laubes erkennen konnte, sah sie Carlsson und Ida Hand in Hand vom Hügel herabkommen, als wollten sie zur Polka antreten.

Beschämt darüber, hier in dem »grünen Gang« betroffen zu werden, eilte sie über den Zauntritt, um nach Hause zu kommen, ehe die Gäste gegangen waren. Aber an der andern Seite des Zaunes stand Rundquist und schlug die Hände zusammen, als er die Alte erblickte, die ihr Antlitz hinter der Schürze verbarg, um nicht zu zeigen, wie sie sich schämte.

»Herrjemine! Ist Mutter auch ein wenig im Walde gewesen? Ja, ja; ja, ja, das ist eine bekannte Sache, auf die Alten ist am allerwenigsten Verlaß!«

Sie hörte kein Wort mehr, sie lief auf das Haus zu, wo man nach ihr gesucht hatte und wo sie mit anhaltenden Hurrarufen, Handschütteln, Danksagungen und Abschiedsgrüßen empfangen wurde.

Und nachdem alles wieder still geworden und die Verschwundenen aus Feld und Wiese zusammengerufen waren, begab sich die Alte zur Ruhe; aber sie lag noch lange wach und horchte, bis sie Carlsson die Treppe hinauf in seine Kammer gehen hörte.

Viertes Kapitel

Hochzeit in Aussicht. Die Alte wird des Geldes wegen genommen

Das Heu war hereingebracht, Roggen und Weizen waren geerntet: der Sommer ging zu Ende und war gut gewesen.

»Er hat Glück, der Kerl!« sagte Gustav von Carlsson, dem man nicht ohne Grund den vergrößerten Wohlstand zuschrieb.

Die Heringszeit hatte begonnen, und alle Leute waren draußen in der Bucht, mit Ausnahme von Carlsson, der zu Hause geblieben war; die Familie des Professors zog in die Stadt, weil die Opernsaison dort ihren Anfang nahm.

Carlsson hatte sich erboten, beim Einpacken behilflich zu sein, und ging den ganzen Tag mit der Bleifeder hinterm Ohr umher, trank Bier am Küchentisch, am Büfett im Saal und auf der Bank vor der Tür. Hier erhielt er einen abgelegten Strohhut, dort ein Paar alte Touristenschuhe, eine Zigarrenspitze, Zigarren, leere Kisten und Flaschen, Angelruten und leere Fleischextraktkruken, Korke, Segelgarn und Nägel, kurz alles, was man nicht mitnehmen wollte oder als unbrauchbar betrachtete, es fielen manche Brosamen vom Tische des Reichen, und alle fühlten, daß man die Fremden vermissen würde: von Carlsson an, der seine Geliebte entbehren sollte, bis zu den Hühnern und Ferkeln, die in Zukunft keine Sonntagsspeisen aus der herrschaftlichen Küche erhalten würden. Am geringsten freilich war der Schmerz für Klara und Lotte, die, obwohl sie manch guten Schluck Kaffee bei Professors erhalten hatten, wenn sie die Milch hinaufbrachten, doch fühlten, daß ihr Lenz wieder grünen würde, sobald der Herbst ihre Nebenbuhlerinnen auf dem Felde der Liebe entfernt hatte.

Als der Dampfer am Nachmittag anlegte, um die Familie abzuholen, herrschte eine große Aufregung auf der Insel; denn noch nie zuvor hatte ein Dampfschiff dort angelegt. Carlsson leitete die Einschiffung, er kommandierte und gebrauchte sein Mundwerk, während der Dampfer sich der Brücke zu nähern suchte. Da ihm aber das Seewesen völlig fremd war, hatte er sich hier auf ein Eis gewagt, das ihn nicht tragen konnte, und gerade in dem stolzen Augenblicke, als er sich vor Ida und der Herrschaft so recht zeigen wollte, bekam er ein ganzes Bündel Taue von oben an den Kopf, so daß ihm die Mütze herabgerissen wurde und ins Wasser fiel. Er wollte gleichzeitig das Tau annehmen und die Mütze im Fallen ergreifen, machte einige komische Tanztritte und fiel unter einem Regen von Scheltworten von seiten des Kapitäns und einem schallenden Hohngelächter der Schiffsmannschaft hin, so lang wie er war. Ida wandte ihm den Rücken, ärgerlich über das ungeschickte Benehmen ihres Helden und nahe daran, aus Beschämung über ihn in Tränen auszubrechen. Mit einem kurzen Lebewohl verließ sie ihn schließlich an der Landungsbrücke, und als er ihre Hand in der seinen behalten wollte und vom nächsten Sommer sprach, und daß sie einander schreiben wollten, und wie er die Adresse machen müsse, wurde ihm die Landungsbrücke unter den Füßen fortgerissen, so daß er um ein Haar auf die Nase gefallen wäre; die nasse Mütze glitt ihm in den Nacken, und der Steuermann brüllte ihm von der Kommandobrücke zu:

»Na, wirds bald, oder willst du das Tauende ewig festhalten?«

Ein neuer Regen von Schimpfworten hagelte auf den unglücklich Liebenden herab, ehe es ihm gelang, das Tau zu lösen. Der Dampfer glitt den Sund hinab, und gleich einem Hunde, dessen Herr abreist, lief Carlsson am Strand entlang, von Stein zu Stein hüpfend und über Baumwurzeln strauchelnd, um die Landspitze zu erreichen, wo er seine Büchse unter einem Erlenbusch verborgen hatte und von wo aus er eine Abschiedssalve abfeuern wollte. Aber er mußte wirklich mit dem linken Bein zuerst aus dem Bett gekommen sein, denn gerade als der Dampfer vorüberkam und er schießen wollte, schnappte der Hahn über. Da warf er das Gewehr hin, lief am Strand entlang, winkte mit seinem blauen Taschentuch und schrie ein keuchendes Hurra, das jedoch vom Schiff nicht beantwortet wurde; keine Hand erhob sich, kein Taschentuch rührte sich. Ida war verschwunden. Aber unverzagt sprang er gleich einem Rasenden über das Steingeröll dahin, lief ins Wasser hinaus, stürzte durch das Erlengesträuch, kam an eine Hecke, fiel halb hinein, so daß er sich die Hände blutig riß, und schließlich, als das Boot gerade hinter der Landzunge verschwinden wollte, schnitt ihm eine schilfbewachsene Bucht den Weg ab. Ohne sich zu besinnen, sprang er direkt in das Wasser hinein, schwang noch einmal sein Taschentuch und stieß ein letztes verzweifeltes Hurra aus. Nun verschwand der Hintersteven des Schiffes zwischen den Tannen, die blaue Flagge mit dem Posthorn nach sich ziehend; Carlsson sah noch den Hut des Professors zum Abschied winken, und dann war alles verschwunden, bis auf den langen schwarzen Rauch, der gleich einem Trauerflor über dem Wasser lag und die Luft verdunkelte.

Carlsson watete an Land und kehrte langsamen Schrittes zu seiner Büchse zurück. Er warf ihr einen ärgerlichen Blick zu, als wolle er ihr einen Vorwurf machen, weil sie ihn im Stich gelassen; dann schüttete er Pulver ins Zündrohr, setzte ein Zündhütchen darauf und feuerte ab.

Darauf kehrte er zur Brücke zurück. Der ganze Skandal zog noch einmal an seiner Seele vorüber: wie er sich auf der Landungsbrücke lächerlich gemacht und zum Gespött der andern gedient hatte; er hörte noch einmal das Gelächter und die Schimpfworte, dachte an Idas kühlen, verlegenen Blick und Händedruck, spürte noch den Geruch des Steinkohlenrauchs und des Maschinenöls, des Bratenfetts aus der Schiffsküche und der frischen Ölfarbe.

Der Dampfer war hier in sein Reich herausgekommen und hatte Stadtbewohner mit sich geführt, die ihn verachteten, die ihn in einem Augenblick von der Leiter herabgestürzt hatten, auf der er schon ein gutes Stück emporgeklommen war, und – hier schnappte er nach Luft – er hatte ihm sein Sommerglück, seine Sommerfreude entführt. Er blickte einen Augenblick in das Wasser hinab, das die Radschaufeln des Dampfers in eine trübe Masse verwandelt hatten, auf dessen Oberfläche große Flocken des herabgefallenen Rußes lagen und wo das Öl in allen Regenbogenfarben schimmerte. Das Ungeheuer hatte während der kurzen Zeit seiner Anwesenheit Gelegenheit gefunden, allen möglichen Schmutz auszuspeien und das klare, grüne Wasser zu trüben; da schwammen Bierkorke, Zitronenschalen, Zigarrenstummel, abgebrannte Schwefelhölzchen und Papierstückchen, mit denen die kleinen Fische ihr Spiel trieben;

es war, als seien alle Rinnsteine der Stadt hier herausgekommen und hätten zugleich Schimpfworte und Abfall mit sich geführt.

Einen Augenblick ward ihm ganz unheimlich zumute, er dachte daran, daß, wenn er seine Geliebte allen Ernstes gewinnen wolle, er dort hinein müsse in die Stadt zu den Gassen und Rinnsteinen, wo der hohe Tagelohn und die feinen Kleider, die Gaslaternen und die Ladenfenster, die Mädchen mit Halskrausen, Manschetten und hohen Zugstiefeln – kurz, wo alles zu finden ist, was lockt und reizt. Aber er haßte die Stadt, wo er so wenig galt, wo man über seinen Bauerndialekt lachte, wo seine grobe Hand nicht imstande war, die feine Arbeit auszuführen, und wo ihm seine Kenntnisse nur zu geringem Nutzen gereichen würden. Und doch mußte er daran denken; denn Ida hatte gesagt, daß sie niemals einen Knecht heiraten würde, und Hofbesitzer konnte er ja nicht werden.

Ja – konnte er das nicht?

Draußen im Sunde kräuselte eine kühle Brise das Wasser, die wurde stärker und stärker, setzte die Wellen in Bewegung, so daß sie anfingen gegen die Brückenpfähle zu plätschern, fegte den Ruß fort und putzte den Abendhimmel blank. Das Rauschen der Erlen, das Murmeln der Wellen und das Schaukeln des Bootes rissen ihn aus seinen Träumereien, und die Büchse über dem Nacken, schlenderte er heimwärts.

Der Weg schlängelte sich unter den Haselbüschen hin, über einen Hügel hinweg, den eine tannenbewachsene Granitklippe krönte, die er noch niemals bestiegen hatte. Von Neugierde getrieben, kletterte er zwischen Farnen und wilden Himbeerbüschen aufwärts und stand bald auf einer Granitplatte, auf der ein Seezeichen errichtet war. Die untergehende Sonne beleuchtete eine Vogelperspektive der Insel mit Wäldern, Ackern, Wiesen und Häusern, und in der Ferne, ganz weit da draußen im Meer lagen Werder und Klippen. Dies war ein großes Stück der Erde, und das Wasser, die Bäume, die Steine, alles konnte sein Eigentum werden, sobald er nur die Hand darnach ausstreckte – nur die eine – und die andere zurückzog, die nach etwas haschte, das nur seine Eitelkeit befriedigen und ihm Armut bringen würde. Hier bedurfte es keines Versuchers, der sich neben ihn stellte und ihn anflehte, vor diesem Bilde zu knien, das die Strahlen der untergehenden Sonne mit einem rosenroten Schimmer übergossen; das blaue Wasser, die grünen Wälder, die gelben Äcker und die roten Häuser vereinigten sich zu einem Regenbogen, der wohl einen schärferen Verstand als den, über den ein armer Bauernbursche verfügte, hätte berücken können.

Gereizt durch der Treulosen vorsätzliches Vergessen, das sich kundgab, indem sie ihr nur fünf Minuten altes Versprechen, ihm einen Abschiedsgruß zu senden, unerfüllt ließ; verwundet durch die Hohnreden der übermütigen Stadttölpel, die ihn gleich Peitschenhieben getroffen hatten; überwältigt von dem Anblick der fetten Erde, des fischreichen Sundes, der warmen Häuser, faßte er den Entschluß, nach Hause zu gehen und das falsche Herz – das ihn vielleicht schon längst vergessen hatte – zum letztenmal auf die Probe zu stellen; nachher wollte er dann nehmen, was er nur bekommen konnte, ohne zu stehlen.

Als er endlich nach Hause kam und das Hauptgebäude öde und leer daliegen sah, mit herabgelassenen Rollvorhängen, umgeben von Stroh und leeren Kisten und Kasten, da überwältigte ihn ein Gefühl, als habe er ein Stück Apfel in die unrechte Kehle bekommen, und nachdem er alle Sachen, die ihm die scheidenden Sommergäste hinterlassen hatten, aufgesammelt, schlich er sich so geräuschlos wie möglich auf sein Zimmer. Hier verbarg er seine Schätze unter dem Bett, setzte sich an den Schreibtisch, nahm Papier und Feder zur Hand und machte sich ans Schreiben. Die erste Seite ergoß sich in einen einzigen Wortschwall, teils eigenen Fabrikats, teils Azelius' Sagengeschichte und schwedischen Volksliedern entnommen, die er bei einem Inspektor in Wermland gelesen und die großen Eindruck auf ihn gemacht hatten.

»Teure, geliebte Freundin«, begann er, »einsam sitze ich hier auf meiner kleinen Kammer und sehne mich entsetzlich nach meiner Ida. – Mir ist es, als sei es erst gestern gewesen, daß Ida hierherkam, und doch war es, als wir das Saatenkorn säten und der Kuckuck im Haine rief, und jetzt haben wir Herbst, und die Leute sind auf den Heringsfang gegangen. Mir würde nicht so bange ums Herz sein, wenn nicht Ida abgereist wäre, ohne mir einen Abschiedsgruß vom Dampfer zuzusenden, wie das der Herr Professor in so liebenswürdiger Weise vom Hinterdeck aus tat; hier ist es heute abend so leer, seitdem Ida fort ist, und das wird doppelt fühlbar, weil der Kummer mich so schwer bedrückt. Denkt Ida noch an das Versprechen, das sie mir damals beim Heumachen gegeben? Ich weiß es noch so deutlich, als hätte ich es aufgeschrieben; aber ich bin imstande, zu halten, was ich versprochen habe, wozu nicht alle imstande sind; doch das ist auch einerlei, und ich mache mir nicht so viel daraus, wie die Menschen gegen mich sind; eines aber will ich sagen: ich liebe Ida und werde sie nie vergessen.«

Der Schmerz der Sehnsucht hatte sich nun gelegt, und die Bitterkeit gewann die Oberhand; dann wurde die Furcht vor unbekannten Nebenbuhlern rege, vor den Versuchungen des Stadtlebens und der Tanzlokale, und mit dem Bewußtsein seines eigenen Unvermögens, immer auf geraden Wegen zu wandeln, griff er in die edleren Gefühlsregionen hinab, und sofort sprudelten die Erinnerungen aus seinem Kolporteurleben hervor. Er wurde feierlich-ernst, gleich einem strafenden Rächer, durch dessen Mund ein andrer redet:

»Wenn ich daran denke, wie einsam nun Ida in der Stadt einhergeht und keine stützende Hand mehr hat, die sie gegen Gefahren schirmen kann, so fühle ich einen Stich durchs Herz, es ist mir, als habe ich ein Unrecht gegen Gott und Menschen begangen, indem ich Ida verließ: ich wollte ein Vater für Ida sein, und Ida hätte sich auf den alten Carlsson stützen können, als wäre er ihr leibhaftiger Vater.«

Bei den Worten »Vater« und »alter Carlsson« ward ihm sehr weich ums Herz, er mußte unwillkürlich an das letzte Begräbnis denken, dem er beigewohnt hatte.

»Ein Vater, der stets voller Nachsicht ist; wer weiß, wie lange der alte Carlsson (er hatte sich förmlich in diesen Ausdruck verliebt) noch hier auf Erden wandern darf; wer weiß, ob nicht seine Tage bereits gezählt sind, wie die Tropfen im Meere und die Sterne am Himmel; ehe man sichs versieht, liegt er vielleicht da wie welkes Gras, und dann ist da vielleicht eine, die sich jetzt so etwas nicht denken kann, die ihn dann aber wohl gerne wieder aus der schwarzen Erde herausgraben möchte, laßt uns deshalb hoffen und beten, daß er noch den Tag erleben mag, an dem die Blumen auf den Feldern wieder sprießen und die Turteltauben sich in unserm Lande hören lassen; denn dann ist es eine herrliche Zeit für manchen, der nun klagt und seufzt, und mit dem Psalmisten will ich singen ...«

Hier angekommen, konnte er sich jedoch nicht darauf besinnen, was der Psalmist gesungen, weswegen er in seiner Kiste nach der Bibel suchen mußte. Da waren aber mehr als hundert Psalmen, zwischen denen er wählen konnte, und weil Klara bereits zum Abendbrot rief, mußte er aufs Geratewohl hineingreifen, und so kam es denn, daß er folgende Verse niederschrieb:

»Die Wohnungen in der Wüste sind auch fett, daß sie triefen, und die Hügel umher sind lustig.

Die Anger sind voll Schafe, und die Auen stehen dick mit Korn, daß man jauchzet und singet!«

Er sah hierin eine glückliche Anspielung auf die Vorzüge des Landlebens vor dem Stadtleben.

Dann grübelte er darüber nach, was er weiter schreiben sollte; aber er war so müde und hungrig und konnte es sich auch nicht verhehlen, daß es im Grunde einerlei sei, was er auch schreiben mochte, denn Ida war doch für ihn verloren, ehe der Frühling kam.

Deshalb schloß er und unterschrieb sich: »Dein inniglich getreuer und ergebener« – worauf er in die Küche hinabging, um zu Abend zu essen. Es war dunkel geworden und fing an zu stürmen. Madame Flod kam in großer Unruhe herein und setzte sich an den Tisch, an dem Carlsson allein bei einem Talglicht saß. Die Mägde gingen schweigend und erwartungsvoll zwischen dem Feuerherd und dem Tisch hin und her.

»Carlsson soll heute abend einen Schluck haben«, sagte die Alte; »ich seh es Ihm an, daß er dessen bedarf.«

»Ach ja, es war ein gut Stück Arbeit, alle die Sachen an Bord zu schaffen«, sagte Carlsson.

»Nun denk ich, wird ein wenig mehr innere Ruhe eintreten«, meinte Madame Flod und holte das »Stundenglas«. – »Aber es ist doch schrecklich, wie es draußen stürmt, und nun ist der Wind nach Osten umgesprungen; Gott mag wissen, wie die Leute über Nacht mit den Netzen fertig werden!«

»Ja, da kann ich nichts machen«, erwiderte Carlsson in verdrießlichem Tone, »das Wetter kann ich nicht ändern. Aber in der nächsten Woche möchte ich allerdings gern gutes Wetter haben, denn da gedenke ich selber mit dem großen Boot zur Stadt zu fahren, um mit dem Fischhändler zu sprechen.«

»So – ach, will Carlsson das?«

»Ja, ich finde, wir bekommen keinen ordentlichen Preis für die Fische, und da muß natürlich irgendwo ein Fehler sein.«

Die Alte trommelte auf dem Tisch und dachte bei sich selber, daß das Geschäft in der Stadt wohl mit etwas anderm als mit den Fischen in Zusammenhang stehe.

»Hm«, sagte sie, »dann besucht Carlsson den Professor auch wohl?«

»Das tue ich wohl, wenn ich so viel Zeit habe, denn er hat einen Flaschenkorb hier vergessen.«

»Das waren prächtige Menschen. – Will Carlsson noch einen Schluck haben?«

»Ja, bitte, Mutter! – Ja, das waren gute Leute, und ich glaube schon, daß sie wieder hierherkommen, soviel ich darüber von Ida gehört habe.«

Es war für ihn eine eigenartige Wonne, diesen Namen auszusprechen, und er tat es mit wohlbedachter Berechnung. Die Alte fühlte denn auch, wie meilenweit entfernt sie von ihm war; ihre Augen brannten, ihre Wangen brannten.

»Ich glaubte, es sei aus zwischen Ihm und Ida«, flüsterte sie.

»Nein, wo wollt Ihr hin? Das ist keineswegs der Fall«, antwortete Carlsson, der sich ganz klar darüber war, daß der Fisch gebissen hatte und nun an der Angel zappelte.

»Wollt Ihr Euch denn heiraten?«

»Ja, das wird wohl nicht anders kommen, wenn es erst so weit ist; ich muß mich vorher aber erst nach einer andern Stellung umsehen.«

Durch das runzlige Gesicht der Alten ging ein Zucken, und die abgemagerte Hand bewegte sich krampfhaft wie die einer Kranken auf dem Bettuch.

»Er denkt also daran, uns zu verlassen?« stieß sie zögernd mit trockener, zitternder Stimme hervor.

»Einmal muß es doch geschehen«, antwortete Carlsson; »früher oder später will man doch auch sein eigener Herr werden, man arbeitet sich ja doch auch nicht gern umsonst für andre ab.«

Klara war mit der Mehlsuppe hereingekommen, und Carlsson überkam plötzlich die Lust, mit ihr anzubinden. »Nun, Klara, ist Ihr nicht bange, so allein im Dunkeln zu bleiben, jetzt, wo alle die Leute fort sind? Möchte Sie es wohl dulden, wenn ich Ihr ein wenig Gesellschaft leistete?«

»Ach, das ist ganz überflüssig«, erwiderte Klara.

Es trat eine augenblickliche Stille in der Küche ein. Man hörte, wie der Sturm draußen durch den Wald sauste, wie er das Laub von den Birken riß und an der Windfahne und dem Dachfirst rüttelte. Hin und wieder strich ein Windstoß durch den Schornstein und wirbelte Rauch und Feuer auf dem Herd auf, so daß Lotte die Hand vor den Mund und die Augen nehmen mußte; und zwischen den Windstößen hindurch hörte man deutlich, wie die See gegen die östliche Landzunge brauste. Plötzlich schlug der Hofhund an, und das Bellen entfernte sich dann, als sei der Hund jemandem entgegengelaufen.

»Geh Er doch einmal hin und seh Er nach, wer das sein kann«, sagte die Alte zu Carlsson, der sofort aufgestanden war.

Als er aus der Tür hinaustrat, umfing ihn vollständige Finsternis, man konnte buchstäblich nicht die Hand vor den Augen sehen. Und der Wind empfing ihn mit einem Stoß, daß ihm das Haar auf seinem Kopfe wie Borsten in die Höhe stand. Er rief den Hund, aber das Bellen erklang jetzt ganz in der Ferne und hatte ein freudiges, wiedererkennendes Gepräge.

»Kommen da Gäste um diese Zeit?« sagte er zu der Alten, die sich unter die Tür gestellt hatte; »wer kann das nur sein? Ich will doch einmal nachsehen, wer es ist. Hör einmal, Klara, zünde mir die Laterne an und gib mir meine Mütze.«

Er erhielt die Laterne und kämpfte sich gegen den Sturm nach der Gegend durch, aus der das Gebell kam. Er erreichte den Tannenhain, der die Wiese vom Strande trennte. Jetzt verstummte das Bellen, aber zwischen den sausenden und knarrenden Tannen vernahm er Fußtritte und ein Geräusch, als berührten Stiefeleisen den Felsboden; die Zweige knackten, als bahne sich jemand den Weg da hindurch; dann ward ein Plätschern in den Wasserpfützen hörbar und Flüche als Antwort auf die Liebkosungen des Hundes.

»Hallo! Wer da?« rief er.

»Der Pastor!« antwortete eine rauhe Stimme, und im selben Augenblick gewahrte Carlsson einen Sprühregen von Feuerfunken, die durch die Kollision des Eisenbeschlages des Stiefels mit einem Feuerstein erzeugt worden waren, und aus dem Gebüsch heraus tründelte ein kleiner, bepelzter, breitschultriger Mann mit grobem, verwittertem Gesicht, das von einem verwilderten grauen Backenbart eingerahmt und von einem Paar kleiner, scharfer Augen unter zwei moosähnlichen Augenbrauen belebt wurde.

»Sind das aber verteufelte Wege, die ihr hier auf der Insel habt!« lautete sein Gruß.

»Herr du meines Lebens! Ist der Herr Pastor in einem solchen Hundewetter unterwegs!« antwortete Carlsson ehrfurchtsvoll auf die Willkommensflüche des Seelsorgers. »Aber wo ist denn die Jolle?«

»Es ist keine Jolle, sondern ein großes Boot, und das hat Robert in den Hafen gebracht. Laßt uns jetzt nur vor allen Dingen unter Dach und Fach kommen. Der Wind dringt einem ja durch Mark und Bein. Beeil Er sich doch ein wenig!«

Carlsson schritt mit der Laterne voran, der Prediger kam hinterdrein, gefolgt von dem Hund, der kleine Abstecher in das Gebüsch machte, um einen Auerhahn aufzuspüren, der kurz zuvor aufgescheucht worden war und den Flug nach dem Moor zu genommen hatte.

Die Frau war vor das Haus gegangen, dem Laternenschein entgegen, und als sie den Prediger erkannte, bot sie ihm ein freudiges Willkommen.

Er hatte sich auf dem Wege zur Stadt mit Fischen befunden, aber der Sturm überraschte ihn so, daß er ans Land hatte flüchten müssen. Er schimpfte und wetterte, daß er nun nicht zur rechten Zeit zur Stadt kommen und seine Fische loswerden könne. Es handelte sich darum, in dieser Zeit so früh wie möglich auf den Markt zu gelangen, »denn alle Teufel waren auf den Beinen und jagten nach jedem lebenden Wesen, das sich im Wasser befand«.

Die Alte wollte ihn in die Stube nötigen, er aber ging direkt in die Küche und zog das Feuer vor, an dem er sich trocknen konnte. Die Wärme und das Licht schienen dem Pastor jedoch weniger gut zu bekommen; denn er schnitt Gesichter und blinzelte mit den Augen, als sei er nicht ganz wach. Dann entledigte er sich seiner Schmierstiefel, und Carlsson half ihm beim Ausziehen eines alten grünlichgrauen Mantels, der mit Schaffellen gefüttert war; bald darauf saß der Pastor in einer wollenen Unterjacke auf Socken an der Ecke des Tisches, wohin die Alte das Kaffeegeschirr gestellt hatte.

Wer Pastor Nordström nicht kannte, würde niemals auf den Gedanken gekommen sein, daß dieser völlig verbauerte Mensch ein geistliches Amt bekleidete: so sehr hatten dreißig Jahre der Seelsorge unter diesen Küstenbewohnern den früher so feinen Theologen verwandelt, der nach seiner Ordination Upsala verlassen hatte. Sein äußerst kärgliches Gehalt hatte ihn gezwungen, in Fischerei und Landwirtschaft einen Extraerwerb zu suchen, und wenn auch das nicht ausreichte, war er auf das Wohlwollen seiner Pfarrkinder angewiesen, das er durch eine den Umgebungen entsprechende Geselligkeit wachzuhalten verstand. Aber der gute Wille der Gemeindemitglieder gab sich größtenteils durch Kaffeepunsch und auf der Stelle zu verzehrende Mahlzeiten zu erkennen, wodurch der Wohlstand des Pfarrhofes nicht gehoben wurde, was aber einen ungünstigen Einfluß auf den physischen und moralischen Zustand des Pastors hatte. Und da nun außerdem die Küstenbewohner, sei es infolge der teuer erkauften Erfahrung, daß in Stunden der Not Gott nur dem hilft, der sich selber hilft, oder weil es ihnen unmöglich war, einen starken östlichen Sturm mit der Augsburger Konfession in Zusammenhang zu bringen, keinen rechten Nutzen aus der kleinen hölzernen Kapelle zogen, die sie hatten erbauen lassen, so war der Kirchgang, der noch obendrein durch die langen Ruderfahrten sehr beschränkt oder bei ungünstigem Wetter vollständig verhindert wurde, mehr zu einer Art von Volksmarkt geworden, auf dem man Bekannte traf, Geschäfte abschloß und Neuigkeiten hörte. Der Prediger war die einzige obrigkeitliche Persönlichkeit, mit der man in Berührung kam. Der Gemeindevorsteher wohnte weiter landeinwärts und wurde niemals in Streitfällen herbeigerufen. Das machte man unter sich bei einem halben Pott Branntwein ab.

Der Pastor war, wie gesagt, auf der Reise nach der Stadt begriffen, um die Fische zu verkaufen, die er selber gefangen hatte, und war nun vom Sturm verschlagen worden. Naß, durchfroren, die Büchse in einem kalbledernen Futteral, den Proviant in einer Tasche aus Seehundsfell, so war er in das Licht und die Wärme gekommen.

In dieser vom Küchenfeuer und zwei Talglichtern beleuchteten Gestalt, einer Mischung von Bauer und Seemann, war keine Spur von Latein oder Griechisch mehr zu erkennen. Die Hände, die in seinen jungen Jahren weich gewesen, waren jetzt braun und schwielig und mit gelben Leberflecken übersät, eine Wirkung der Sonne und des Salzwassers. Sie waren hart und geschwollen von der Arbeit mit Rudern und Segeln. Die Nägel waren halb vergangen und hatten schwarze Ränder infolge der unsanften Berührung mit Erde und Gerätschaften. Die Ohrläppchen der stark behaarten Ohren waren durchbohrt und mit Bleiringen versehen; aus der auf der wollenen Jacke befestigten ledernen Tasche hing eine geflochtene Haarkette mit einem Schlüssel aus gelblichem Metall und einer Berlocke aus farbigem Glas; die nassen, wollenen Strümpfe waren an der großen Zehe durchlöchert, und die ununterbrochenen Bewegungen der Füße beabsichtigten, diesen Schaden zu verbergen; die wollene Jacke war unter den Armen gelblichbraun, und die Beinkleider litten an einem traurigen Mangel an Knöpfen.

Er zog eine hölzerne Pfeife aus der Hosentasche und klopfte sie gegen die Tischkante aus, wodurch sich ein kleiner Maulwurfshaufen aus Asche und aufgeweichtem Tabak an der Erde bildete. Aber die Hand war unsicher, und so ging das Stopfen der Pfeife nicht regelmäßig vor sich; es war zu umständlich, als daß es nicht die Unruhe der Anwesenden, die den Pastor in ehrerbietigem Schweigen betrachteten, hätte erregen sollen.

»Wie geht es dem Herrn Pastor heute abend; er befindet sich wohl nicht besonders gut?« fragte Madame Flod.

Der Pastor richtete sein herabgesunkenes Haupt auf und sah mit nach der Decke gerichteten Augen um sich, als suche er die Sprecherin.

»Ich?« sagte er und stopfte den Tabak auf die Außenseite des Pfeifenkopfes. Dann schüttelte er den Kopf, als wünsche er, daß man ihn in Frieden lasse, und versank in schwermütige Gedanken, die keine bestimmte Form annahmen.

Carlsson, der den Zustand des Pastors erkannte, flüsterte der Alten zu:

»Er ist nicht nüchtern!«

Und weil er es für seine Pflicht hielt, einzuschreiten, nahm er die Kaffeekanne und schenkte die Tasse des Predigers voll, schob die Branntweinflasche hin und bat ihn mit einer Verbeugung, vorliebzunehmen.

Der Prediger erhob den grauen Kopf und warf Carlsson einen vernichtenden Blick zu, als wolle er ihn verschlingen; dann schob er mit einem Ausdruck des Abscheues die Tasse von sich, spie verächtlich aus und sagte:

»Bist du hier Herr im Hause, Bursche?«

Und sich an die Alte wendend, fuhr er fort:

»Gebt mir eine Tasse Kaffee, Madame Flod!«

Darauf versank er wieder in tiefes Schweigen, gedachte der Größe vergangener Tage und stellte Betrachtungen über die zunehmende Unverschämtheit der Leute an.

»Hinaus mit dir, du verfluchter Schlingel!« rief er dann plötzlich aus. »Willst du wohl machen, daß du hinaus kommst und Robert hilfst!«

Carlsson versuchte, den Pastor zu besänftigen, wurde aber sofort mit einem: »Du weißt wohl nicht mehr, wer du bist?« abgespeist.

Dann verschwand Carlsson durch die Tür.

Nachdem er sich durch einen Schluck Kaffee gestärkt hatte, fuhr der Prediger auf die Alte ein, die etwas zur Entschuldigung des Knechtes stammelte:

»Habt Ihr die Netze draußen?«

»Ja, bester Herr Pastor«, sagte die Frau und öffnete die Schleusen ihrer unterdrückten Beredsamkeit. »Um sechs Uhr konnte ja niemand ahnen, daß über Nacht ein Sturm losbrechen würde, und ich kenne Gustav, der geht lieber zugrunde, als daß er die Netze die Nacht hindurch draußen läßt.«

»Ach was, der schlägt sich schon durch!« tröstete der Pastor.

»Sagen Sie das nicht, Herr Pastor. Es ist schlimm genug mit den Netzen, es steckt viel Geld darin; aber wenn der Junge nur mit heiler Haut davonkommt, dann …«

»Nun, er wird auch nicht so dumm sein und in solchem Wetter hinaussegeln, um die Netze zu bergen.«

»Das ists ja gerade, er ist zu allem fähig, das hat er von seinem Vater; er legt zuviel Wert auf irdisches Gut, und er ist imstande, sein Leben aufs Spiel zu setzen, um den Verlust der Netze zu verhindern.«

»Ja, liebe Madame Flod, wenn er so ist, dann kann ihm kein Teufel helfen. – übrigens ist der Fischfang gut gewesen, wir waren neulich draußen und bekamen in sechs Zügen achtzehn Wall.«

»Nun, war denn der Hering auch fett?«

»Das will ich meinen! Fett wie Butter. Aber sagt mir doch, Madame Flod, was für ein Gerede ist es denn, das man über Euch hört. – Ihr wollt Euch jetzt wieder verheiraten, was?«

»Herr des Himmels, hab ich je so was gehört!« rief die Alte aus; »sagt man das? Ja, ist es nicht entsetzlich, was sich die Leute alles ausdenken?«

»Nun, nun, mich geht es ja nichts weiter an«, fuhr der Pastor fort; »verhält es sich aber so, wie die Leute sagen, daß es sich um den Knecht handelt, so tut es mir um des Sohnes willen leid.«

»Ach, dem tritt keiner zu nahe, und es gibt oft weit schlimmere Stiefväter.«

»Wie mir scheint, ist das Gerücht denn also doch nicht so unbegründet.«

»Will der Herr Pastor nicht noch einen Schluck haben?« unterbrach ihn die Alte, denn das Gespräch fing an, eine Wendung zu nehmen, die ihr nicht paßte.

»Ja, bitte, Madame Flod, so ein Schluck ist nicht zu verachten. Aber ich muß auch wohl zu Bette gehen; Ihr habt doch wohl eins für mich in Bereitschaft?«

Nachdem man sich dahin geeinigt hatte, daß Carlsson und Robert in der Küche schlafen sollten, wurde Lotte auf die Kammer geschickt, um das Bett für den Pastor fertig zu machen. Der gähnte, rieb den einen Fuß gegen den andern und fuhr mit der Hand über die Stirn und den kahlen Scheitel, als wolle er schwere Sorgen verscheuchen; dann sank der Kopf in kurzem, plötzlichem Nicken auf den Tisch, bis er schließlich auf dem Kinn ruhte.

Die Alte, die sich jetzt über den Zustand des Pastors klar war, ging zu ihm hin und legte ihm die Hand auf die Schulter, streichelte ihn und bat mit bewegter Stimme:

»Lieber Herr Pastor, sollen wir heute abend vor dem Zubettegehen nicht ein erbauliches Wort hören? Denken Sie an die alte Frau und an ihren Sohn, der draußen auf See ist.«

»Ein erbauliches Wort wollt Ihr hören? Dann gebt mir das Buch einmal her. Ihr wißt ja, wo es liegt, im Futtersack.«

Die Alte holte die Ledertasche und zog ein schwarzes Buch mit goldenem Kreuz heraus, das als Reiseapotheke benutzt wurde, aus der alte Frauen und Kranke ihre Dosis stärkender Tropfen zu bekommen pflegten; und feierlich, als sei ein Stück Kirche in ihre niedrige Hütte gekommen, trug sie vorsichtig das geheimnisvolle Buch wie ein warmes Brot zwischen zwei Händen, schob die Tasse, die vor dem Pastor stand, beiseite, wischte eine Stelle des Tisches sorgfältig mit der Schürze ab und legte das Heiligtum vor den schweren Kopf.

»Lieber Herr Pastor«, flüsterte sie, während der Sturm im Schornstein tobte, »hier ist das Buch.«

»Gut, gut!« antwortete der Prediger gleichsam im Schlaf, streckte die Arme aus, ohne den Kopf zu erheben, tappte nach dem Buche und stieß mit dem Finger gegen den Henkel der Tasse, so daß diese umfiel und der Branntwein sich in Strömen über den Tisch ergoß.

»Ach herrjemine!« klagte die Alte und rettete mit genauer Not das Buch, »das geht nimmer gut, der Herr Pastor ist müde und sollte lieber hinaufgehen und sich schlafen legen.«

Aber der Pastor schlief schon, die Arme auf die Tischplatte gestützt und den Mittelfinger in komischer Gebärde von sich streckend, als zeige er auf ein unsichtbares, für den Augenblick unerreichbares Ziel.

»Was in aller Welt sollen wir nur anfangen, um ihn ins Bett zu schaffen?« jammerte Frau Flod, indem sie sich an die beiden Mädchen wendete; es war ihr völlig unklar, wie sie den Schlafenden wecken sollte, denn sie wußte, wie entsetzlich heftig er war, wenn er in betrunkenem Zustande gestört wurde; in die Küche konnte sie ihn der Mädchen wegen nicht bringen, und wenn er in der Stube blieb, war es nicht viel besser, dann hatten die Leute erst recht Grund zum Reden. Die drei Mädchen umschlichen den Prediger wie die Mäuse die Katze, aber niemand wagte ihn zu stören.

Inzwischen war das Feuer auf dem Herde ausgegangen, der Wind drang durch die Fensterscheiben und die undichten Wände, und den Pastor, der in Socken dasaß, mußte wohl gefroren haben, denn ehe man sichs versah, richtete er sich auf, öffnete den Mund, gähnte und stieß einige Laute aus, die ungefähr so klangen, als wenn ein Fuchs verenden will.

»Ich glaube, ich habe geniest«, sagte der Prediger, erhob sich und tappte wie ein Blinder bis an eine Bank am Fenster, wo er niedersank, sich der Länge nach ausstreckte und mit über der Brust gefalteten Händen und einem tiefen Seufzer einschlief.

Alle Hoffnung, ihn fortzubringen, war nun vorbei; Carlsson und Robert, die inzwischen zurückgekommen waren, wagten nicht, ihn anzurühren.

»Nehmt euch in acht, er schlägt!« belehrte Robert. »Legt ihm nur ein Kissen unter den Kopf und deckt ihn warm zu, dann schläft er wie ein Dachs bis an den hellen Morgen.«

Madame Flod nahm die Mägde zu sich in die Kammer. Robert erhielt einen Platz oben über der Vorratskammer, und Carlsson ging auf sein Zimmer hinauf. Die Lichter erloschen, und in der Küche wurde alles still. Bald lag das ganze Haus in einem mehr oder weniger ruhigen Schlaf.

Am nächsten Morgen beim ersten Hahnenschrei, als Madame Flod aufstand, um die Leute zu wecken, waren der Pastor und Robert schon fort.

Der Sturm hatte sich ein wenig gelegt, kalte weiße Herbstwolken trieben landeinwärts, und der Himmel hatte eine frische, blaue Farbe. Gegen acht Uhr begann die Alte ihre Wanderung nach der östlichen Landzunge, um zu sehen, ob nicht ein Boot auf der See sichtbar würde. Draußen im Fahrwasser, zwischen den Klippen und kleinen Inseln tauchten hin und wieder ein paar gereffte Segel auf, die verschwanden und dann nach einer Weile wieder zum Vorschein kamen. Die stahlblauen Wellen brachen sich noch an den Klippen, und die äußersten verschwammen derartig, daß es aussah, als hingen sie auf luftfarbigen Stücken Zeug, als seien sie von dem Wasser in die Höhe geworfen und verdufteten jetzt gleich in den Nebeln der Nacht. Die jungen Wildenten lagen im Schutz der Bucht und hinter der Landzunge und ließen sich von der Brandung wiegen. Wenn sie den schwerfälligen Flug des Seeadlers auf sich gerichtet sahen, verschwanden sie unter der Wasserfläche, tauchten wieder auf und tanzten auf den Wellenkämmen, so daß das Wasser hoch aufspritzte. Wenn die Alte die Möwen draußen auf den Klippen auffliegen sah, glaubte sie, daß ein Segler käme, und es kamen auch solche, aber sie steuerten alle von der Insel ab und nahmen ihren Kurs nach Norden oder Süden.

Es wehte ein kalter Wind, und die weißen Wolken blendeten. Die Alte ging wieder in den Wald, des Wartens müde, dann fing sie an Beeren zu pflücken, die sie in die Schürze sammelte; es war ihr unmöglich, ohne Beschäftigung zu sein, sie mußte etwas vornehmen, um sich die Unruhe zu vertreiben. Denn der Sohn war das Liebste, was sie hatte; ihr war an jenem Abend, als sie am Zaun stand und eine andre schwache Hoffnung in der Ferne verschwinden sah, bei weitem nicht so beklommen gewesen. Sie sehnte sich heute mehr denn je nach ihrem Sohn; sie hatte ein Gefühl, als könne sie ihn möglicherweise bald verlieren. Die Worte des Predigers am vorhergehenden Abend und das Gerede der Leute hatten die Lunte entzündet, und bald würde die Mine in die Luft springen! Wer bei der Explosion zu Schaden kommen würde, konnte niemand wissen; daß aber ein Unglück geschehen würde, war vorauszusehen.

Dann ging sie langsam trippelnd nach Hause und gelangte schließlich auf den Eichenhügel. Von der Landungsbrücke drang ein Geräusch zu ihr herauf, und durch das Eichenlaub hindurch sah sie, daß am Packhause Leute hin und her liefen; sie redeten durcheinander, verhandelten und stritten sich.

Es war klar, daß während ihrer Abwesenheit etwas geschehen war, – aber was?

Die Unruhe vermehrte die Neugier, und so schnell die Beine sie tragen konnten, lief sie den Hügel hinab; sie mußte wissen, was dort vorgefallen war. Als sie an die Hecke hinabkam, sah sie den Spiegel der Jolle: sie waren also nach Hause gekommen und um die Insel herumgerudert.

Normans Stimme war deutlich zu erkennen, als er erklärte, wie die Sache sich zugetragen hatte:

»Er sank wie ein Stein zu Grunde, bald aber kam er wieder in die Höhe, und dann bekam er den Tod gerade in das linke Auge; es war, als wenn man ein Licht ausbläst.«

»Herr du meines Lebens! Ist er tot?« schrie die Alte und stürzte über die Hecke; aber niemand hatte sie gehört, denn im Boot setzte Rundquist die Leichenrede mit lauter Stimme fort.

»Und dann faßten wir ihn mit dem Bootshaken, und als ihm der Haken im Nacken saß, da …«

Die Alte war nun bis hinter die Netzgabeln gelangt und konnte nur wie durch einen vor einen Spiegel gehängten Flor sehen, wie die Bevölkerung des ganzen Hofes um einen dunklen Körper, der im Boot lag, beschäftigt war. Und dann fing sie an zu schreien, so laut sie nur konnte, und wollte unter den Netzen hindurchkriechen, aber ihr Haar blieb darin hängen, und die Bleigewichte schlugen ihr gleich Martergerätschaften ins Gesicht.

»Was in aller Welt haben wir in unserm Garn gefangen?« rief Rundquist, der sah, daß sich etwas zwischen den Netzen hin und her bewegte. – »Sehe ich recht? Ist das nicht unsre Mutter?«

»Ist es vorbei mit ihm?« rief Madame Flod mit gellender Stimme. »Ist es vorbei mit ihm?«

»Tot wie ein Hering!«

Die Alte machte sich endlich frei und gelangte an die Brücke hinab. Hier sah sie Gustav barhäuptig und vornübergebeugt im Boote liegen; aber er rührte sich, und unter ihm kam ein großer haariger Körper zum Vorschein.

»Bist du es, Mutter?« begrüßte Gustav die Alte, ohne sich umzuwenden. »Da haben wir einen tüchtigen Kerl gefangen!«

Die Alte machte große Augen, als sie eines fetten Seehundes ansichtig wurde, dem Gustav gerade die Haut abzog. Man schoß freilich nicht alle Tage Seehunde, und selbst wenn das Fleisch nicht sonderlich zart war, so konnte man es doch essen; der Tran reichte für viele Paar Stiefel aus, und das Fell war mindestens seine zwanzig Kronen wert. Aber der Winterhering war doch weit notwendiger, und als sie nicht eine einzige Flosse im Boot erblickte, wurde sie ärgerlich. Sie vergaß vollständig den wiedergefundenen Sohn und den unerwarteten Seehund und brach in einen Strom von Vorwürfen aus:

»Aber wo habt ihr denn die Heringe gelassen?«

»Ja, die waren nicht so leicht zu fangen«, antwortete Gustav; »und außerdem kann man die ja immer kaufen, ein Seehund dagegen läuft einem nicht jeden Tag zwischen die Finger.«

»Ja, so redest du immer; aber es ist wirklich unrecht, Gustav, volle drei Tage fort zu sein und dann ohne Fische nach Hause zu kommen. Was denkst du dir eigentlich, wovon wir diesen Winter leben sollen?«

Aber ihre Rede fand keinen Anklang, denn Heringe hatte man überreichlich gegessen, und Fleisch blieb doch stets das Beste; außerdem nahmen die Jäger alle Aufmerksamkeit in Beschlag mit ihren wunderbaren Beschreibungen von dem Jagdabenteuer.

Carlsson ließ die Gelegenheit jedoch nicht vorübergehen, ohne seinen Senf zu der Sache zu geben.

»Ja, wenn wir die Landwirtschaft nicht hätten, müßten wir wohl alle bald am Hungertuch nagen.«

Für den Tag war es nun mit der Fischerei vorbei, der große Kessel wurde zum Trankochen aufgesetzt, in der Küche wurde gekocht und gebraten und ein Kaffeepunsch nach dem andern getrunken; und draußen an der südlichen Scheunenwand wurde das Fell als Siegeszeichen aufgeschlagen, man hielt Leichenreden und Auseinandersetzungen, und alle Ungläubigen mußten die Finger in die Schußwunden stecken und sich erklären lassen, wie sich das Blei eingebohrt hatte, als der Seehund auf einen Stein gegangen war; was Gustav im letzten Augenblick, kurz bevor der Schuß abgefeuert worden war, zu Norman gesagt hatte, und endlich, wie sich der Seehund aufführte, als ihm das Lebenslicht ausgeblasen wurde.

Carlsson war in dieser Zeit nicht der Held des Tages, er ging in aller Stille umher und ergriff seine Maßregeln, und als der Fischfang endlich aufhörte, setzte er sich in dem großen Boot an das Steuer und segelte mit Norman und Lotte nach Stockholm.

Als Madame Flod an die Brücke hinunterkam, um die aus Stockholm heimkehrenden Reisenden zu empfangen, war Carlsson so übertrieben liebenswürdig und doch zurückhaltend dabei, daß die Alte gleich merkte, daß etwas dahintersteckte.

Nach dem Abendbrot wurde er in das Zimmer gerufen, um Rechenschaft abzulegen, und dann mußte er sich hinsetzen und erzählen. Aber das ging sehr langsam vonstatten, der Bursche schien keine Lust zu haben, sein Herz auszuschütten; doch die Alte ließ nicht locker, bis sie einen Bericht seiner Reise aus ihm herausgepreßt hatte.

»Nun, Carlsson, erzähle Er mir doch, ob Er auch beim Professor gewesen.«

»Ja, das versteht sich, da war ich gleich zuallererst«, antwortete Carlsson, augenscheinlich durch die Erinnerung an diesen Besuch angenehm berührt.

»Nun, und wie sah es denn da aus?«

»Ja, sie haben mir so viel Grüße für alle aufgetragen, und sie waren außerordentlich liebenswürdig und luden mich zum Frühstück ein. Es war sehr fein im Hause, und wir wurden gut miteinander fertig.«

»Also wirklich? Und was hats denn Gutes gegeben?«

»Ach, wir bekamen Hummer und Champignons und tranken Porter dazu.«

»Sag Er mir doch, Carlsson, hat Er auch die Mädchen gesehen?«

»Ja, natürlich!« antwortete Carlsson mit großer Offenheit.

»Und die hatten sich wohl nicht verändert?«

Das war nun freilich der Fall; aber es würde der Alten zu viel Vergnügen gemacht haben, das zu hören, und deshalb beantwortete Carlsson die Frage gar nicht. »Ja, sie waren sehr munter, und am Abend waren wir in Berns Salon und hörten Musik! Ich spendierte Sherry-Kobbler und Butterbrot. Es war sehr amüsant.«

Aber in Wirklichkeit war es durchaus nicht amüsant gewesen, und die Sache verhielt sich ganz anders. Carlsson war nämlich in der Küche von Lina empfangen worden, weil Ida abwesend war, und hatte dort eine Flasche Bier am Küchentisch getrunken. Darauf war die Frau Professor gekommen, hatte Carlsson begrüßt und zu Lina gesagt, sie solle einen Hummer holen, denn es würde Besuch erwartet, und dann war sie wieder gegangen. Als Carlsson später mit Lina allein geblieben war, hatte sich diese anfangs ein wenig steif gezeigt, aber schließlich hatte Carlsson doch aus ihr herausbekommen, daß Ida seinen Brief erhalten hatte und dieser eines Abends laut vorgelesen worden war, als ihr Schatz dagewesen und sie im Mädchenzimmer gesessen und Porter getrunken hätten, während Lina Champignons reinigte. Und sie hätten sich halbtot gelacht, weil Idas Schatz den Brief in salbungsvollem Kanzeltone zweimal vorgelesen hätte. Am meisten hätten sie sich über den »alten Carlsson« und seine »letzte Stunde« amüsiert, und als sie bis an die »Gefahren« gekommen waren, hatte Idas Schatz – er war Bierfahrer – den Vorschlag gemacht, sich in Berns Salon zu begeben, und dahin waren sie denn auch gegangen und mit Sherry-Kobbler und Butterbrot traktiert worden.

Mochte nun Linas Bericht Carlssons Sinn derartig in Aufregung versetzt haben, daß sein Gedächtnis dadurch in Unordnung geraten war, oder war sein Wunsch, bei der betreffenden Gelegenheit in den Kleidern des Bierfahrers zu stecken, ein so brennender gewesen, daß er sich selber in dieser angenehmen Situation als Wirt erblickte, sich mit den hummerspeisenden Gästen verwechselte, den Porter von Idas Liebstem trank und Linas Champignons verzehrte – kurz, die Art und Weise, wie er der Alten die Sache darstellte, übte die beabsichtigte Wirkung aus, was ja die Hauptsache war. Nachdem dies geschehen, fühlte er sich ruhig genug, um zum Angriff schreiten zu können. Die jungen Burschen waren draußen auf der See, Rundquist hatte sich zur Ruhe begeben, und die Mädchen hatten ebenfalls ihr Tagewerk beschlossen.

»Was ist das für ein Gerede, das hier in der Umgegend die Runde macht, und das mir überall, wohin ich komme, unter die Nase gerieben wird?« begann er.

»Was erzählt man sich denn jetzt wieder?« fragte die Alte.

»Ach, es ist die alte Geschichte, daß wir beide uns miteinander verheiraten wollen.«

»Ist es weiter nichts? Das haben wir ja nun schon so lange gehört!«

»Ja, aber es ist doch unrecht, daß die Leute etwas behaupten, was jeglicher Begründung entbehrt; es ist mir ganz unmöglich, zu verstehen, wie so etwas zwischen die Leute kommen kann.«

»Ja natürlich, was sollte auch so ein junger, schöner Bursche mit einem alten Weibe wie ich?«

»Nun, was das Alter anbetrifft, so wäre das wohl kein Hindernis. Wenn ich meine Ansicht aussprechen darf, so will ich nur sagen: wenn ich einmal daran denke, mich zu verheiraten, so geschieht das nicht mit so einer jungen Dirne, die nichts kann und nichts weiß. Die Sache ist nämlich folgende: Die Liebe ist ein Ding für sich, und das Heiraten ist ein anderes; die Neigung verfliegt wie der Rauch, und ein Treueschwur ist nicht mehr wert als eine Prise Tabak, wenn ein andrer kommt und eine feine Zigarre anbietet. Aber so bin ich eben nicht, Mutter; derjenigen, mit der ich mich einmal verheirate, der bin ich auch treu, und so bin ich stets gewesen, und wer etwas andres von mir sagt, der lügt.«

Madame Flod spitzte die Ohren und merkte, daß da wohl nicht alles so ganz in Ordnung sei; vorsichtig tastete sie weiter.

»Nun, und Ida? Wird es denn nichts mit ihr und Ihm?«

»Ida, hm, die ist ja an und für sich sehr nett, und wenn ich ihr nur einen Finger hinhalte, so hab ich sie gleich; aber sie hat nicht den rechten Sinn, sie ist zu weltlich und eitel, und ich kann mir nicht helfen, aber ich glaube nun einmal, daß sie leicht auf Abwege geraten kann. Und übrigens fange ich jetzt an, alt zu werden, ich habe keine Lust mehr zu Narrenspossen; ich sage es offen heraus: wenn ich einmal auf den Gedanken kommen sollte, mich verheiraten zu wollen, so würde ich eine ältere, verständige Person nehmen, eine, die den rechten Sinn hat; ich weiß nicht recht, wie ich mich näher erklären soll, aber Mutter versteht mich doch wohl, denn sie hat das richtige Verständnis für diese Sachen, das steht fest.«

Die Alte hatte sich am Tische niedergelassen, um Carlssons Gedankensprüngen besser folgen zu können und sofort Amen zu sagen, wenn er seine Lektion beendet hatte.

»Ja, aber sag Er mir doch, Carlsson, hat Er denn noch niemals an die Witwe in Avassa gedacht, die so allein dasitzt und keinen sehnlicheren Wunsch hegt, als sich wieder zu verheiraten?«

»Was, die? Nein! Ich kenne sie ja freilich gut genug, aber sie hat nicht den rechten Sinn, und das ist das einzige, was mich fesseln kann. Auf Geld, ein schönes Äußere und hübsche Kleider seh ich nicht, denn für so was bin ich nun mal nicht eingenommen, und wer mich wirklich kennt, wird das auch nicht von mir sagen können.«

Das Thema schien jetzt völlig erschöpft zu sein, einer von beiden mußte nun das letzte Wort sagen.

»Nun, an wen hat Carlsson denn eigentlich gedacht?« fragte die Alte, tapfer einen Schritt vorrückend.

»Gedacht und gedacht! Ich habe überhaupt noch nicht ordentlich über die Sache nachgedacht; wer darüber nachgedacht hat, kann ja reden, ich schweige still, damit man mir nachher nicht nachsagen kann, daß ich jemanden verleitet habe, denn das ist nicht nach meinem Sinn.«

Die Alte wußte nun nicht recht, wie sie sich dabei benehmen sollte; aber sie mußte doch noch einmal sondieren.

»Ja, aber lieber Carlsson, wenn Er Ida doch noch im Sinne hat, so kann Er doch nicht im Ernst an eine andre denken!«

»Ida, die Teufelsdirne? Nein, die will ich nicht haben, und würfe man sie mir selbst vor die Füße; nein, ich will höher hinaus, und meine zukünftige Frau muß wenigstens die Kleider, die sie am Leibe trägt, besitzen, und hat sie noch ein wenig daneben, so schadet das auch nichts, obgleich ich darauf nicht sehe, denn so bin ich nun einmal, und so ist mein Sinn.«

Nun waren sie so lange im Kreise herumgefahren und hatten so oft umgewendet, daß sie kurz davor waren steckenzubleiben; doch die Alte gab dem Wagen einen kräftigen Stoß.

»Nun, Carlsson, was würde Er wohl dazu sagen, wenn wir beide uns zusammentäten?«

Carlsson machte eine abwehrende Bewegung mit der Hand, als wolle er gleich von vornherein jeden Verdacht auf eine solche Handlung von seiner Seite abwehren.

»Nein, davon kann niemals die Rede sein«, beteuerte er. »Davon wollen wir gar nicht reden und noch viel weniger daran denken. Ich weiß wohl, daß die Leute dann sagen würden, daß ich Euch des Geldes wegen genommen hätte, aber das liegt mir so fern. Nein, niemals wollen wir wieder über diese Sache reden. Versprecht mir das, Mutter, gebt mir die Hand darauf« – hier streckte er seine Hand aus –, »daß wir nie über diese Sache reden wollen. Gebt mir die Hand darauf!«

Aber die Alte wollte ihm die Hand darauf nicht geben, im Gegenteil, sie wollte recht gründlich über die Sache sprechen.

»Warum wollen wir das nicht besprechen, was doch keineswegs eine Unmöglichkeit ist? Ich bin alt, wie Carlsson weiß, und Gustav ist nicht der Mann danach, die Hofwirtschaft zu leiten; ich bedarf einer Persönlichkeit, die mir zur Seite steht und mir behilflich ist, aber ich verstehe es wohl, daß Er sich nicht für andre abarbeiten will, ohne den Lohn der Arbeit zu ernten, und deshalb sehe ich keinen andern Ausweg, als daß wir einander heiraten. Laß die Leute sagen, was sie wollen, die reden doch, wir mögen uns nun heiraten oder nicht, und wenn Carlsson nichts Besonderes gegen mich hat, so sehe ich nicht ein, was uns verhindern sollte. Sag Er mir einmal aufrichtig, Carlsson, hat Er etwas gegen mich?«

»Nein, nicht im geringsten, was sollte ich wohl gegen Euch haben, Mutter? Aber das verfluchte Gerede wird schon das eine oder das andre herausfinden, und übrigens wird es uns Gustav niemals vergeben.«

»Ach was, wenn Er nicht Manns genug ist, Gustav Mores zu lehren, so werde ich ihn schon bändigen können. Ich bin zwar schon bei Jahren, aber das will ich Ihm nur gleich unter vier Augen sagen: ich bin noch ebenso rüstig und flink wie manch junges Mädchen.«

Das Eis war gebrochen, und nun folgte eine ganze Sündflut von Plänen und guten Ratschlägen: wie man Gustav das Ereignis mitteilen solle, wie die Hochzeit am besten einzurichten sei, und manches andre. Und die Verhandlungen währten lange, so lange, daß die Alte die Kaffeekanne aufsetzen und die Branntweinflasche hervorholen mußte, ja sie währten bis tief in die Nacht hinein und noch darüber hinaus.

Fünftes Kapitel

Man prügelt sich am Tage des dritten Aufgebots, geht zum Abendmahl und feiert die Hochzeit

Die Wahrheit des alten Sprichworts: »Niemand ist besser, als wenn er stirbt, und niemand ist schlechter, als wenn er sich verheiratet«, sollte Carlsson bald genug an sich erfahren. Gustav hatte gebrüllt wie ein hungriger Seehund und hatte drei Tage hindurch gerast und gestürmt, während welcher Zeit Carlsson unter irgendeinem Vorwand eine kleine Reise unternahm. Der alte Flod hatte keine Ruhe in seinem Grabe, er wurde zu jeglicher Zeit und Stunde hervorgeholt und als der beste Mensch geschildert, den je die Sonne beschienen, wohingegen Carlsson, der gleich einem alten Rock gewendet wurde, auf der Innenseite als sehr fleckig befunden ward. Man wollte wissen, daß er eine berüchtigte Persönlichkeit sei: er wäre Bibelhändler gewesen, von drei Stellen fortgejagt worden und auf einer vierten selbst davongelaufen; schließlich wäre er wegen einer Prügelei verhaftet, aber wegen mangelnder Beweise wieder freigelassen worden. Dies alles wurde Madame Flod unter die Nase gerieben; aber das alte Herz stand nun einmal in hellen Flammen, und sie schien sich bei der Aussicht auf den baldigen Abschluß ihres Witwenstandes verjüngt zu haben, sie war gleichsam ein neuer Mensch geworden, hielt das taube Ohr hin und redete alles kurz und klein.

Die feindliche Stimmung gegen Carlsson entsprang hauptsächlich dem Umstand, daß er aus einer andern Gegend war, ein Fremder, der nun durch Heirat in den Besitz dieser Erde und dieses Wassers gelangen würde, das die Eingeborenen gewissermaßen als ihr gemeinsames Eigentum anzusehen gewohnt waren. Und da die Witwe Universalerbin war und aller Wahrscheinlichkeit nach noch viele Jahre leben würde, verringerten sich die Aussichten des Sohnes, Selbstbesitzer zu werden. Seine Stellung auf dem Hofe würde nach der Hochzeit ungefähr der eines Knechtes gleichen, und zwar unter der Oberhoheit eines früheren Knechtes und von dessen Wohlwollen abhängig. Deshalb war es nicht zu verwundern, daß der Entthronte außer sich war und die Mutter scharfe Worte hören ließ; er drohte damit, den Beistand des Gerichtes anzurufen und den angehenden Stiefvater vor die Tür setzen zu lassen. Am heftigsten wurde er, als Carlsson von seinem Ausfluge zurückkehrte, angetan mit dem Sonntagsrock und der Pelzmütze des seligen Flod, welche Gegenstände er in der ersten schwachen Stunde als Morgengabe erhalten hatte. Gustav sagte nichts, bestach aber Rundquist, Carlsson einen Streich zu spielen. Eines Morgens, als man sich an den Frühstückstisch setzte, lag auf Carlssons Platz ein Handtuch, das allerlei verbarg. Carlsson, der nichts Böses ahnte, nahm das Handtuch weg und sah dann, daß auf seinem Tischende all das Gerümpel stand, das er oben auf der Kammer unter seinem Bette aufbewahrt hatte. Es waren dies leere Hummerdosen, Champagnerflaschen, eine Porterflasche, eine Unzahl von Korken, ein schadhafter Blumentopf und vielerlei andres. Er wurde grün und gelb vor Ärger, wußte aber nicht, gegen wen er seine Wut auslassen sollte. Rundquist bemühte sich, den Eindruck zu mildern, indem er erklärte, daß dies hier in der Gegend eine ganz gebräuchliche Neckerei sei, wenn sich jemand verheiraten wolle. Das Unglück wollte, daß Gustav gerade ins Zimmer trat und gleich seiner Verwunderung darüber Ausdruck gab, daß der Lumpensammler in diesem Herbst schon so früh gekommen sei, er pflege sich ja sonst doch erst um Neujahr einzustellen. Gleichzeitig ergriff Norman die Gelegenheit zu der Erklärung, daß der Lumpensammler nicht dagewesen, dies seien nur Carlssons Erinnerungen an Ida, mit denen Rundquist ihn ein wenig habe necken wollen, da die Sache zwischen den beiden nun ja doch aus sei. Dann fielen heftige Worte, und das Resultat war, daß Gustav nach dem Pfarrhofe fuhr und Einspruch gegen die Hochzeit erhob, weil Carlssons Papiere nicht in Ordnung seien, was einen sechsmonatigen Aufschub zur Folge hatte. Dies war ein Strich durch die Rechnung, den Carlsson jedoch zu mildern suchte, indem er sich zum Ersatz verschiedene kleine Vorteile verschaffte. Im Anfang war er sehr feierlich in seiner neuen Würde aufgetreten; da dies aber nicht imponierte, beschloß er, wenigstens den Leuten auf dem Hofe gegenüber seine Stellung mehr scherzhaft aufzufassen, was auch ausgezeichnet ging, – nur Gustav setzte einen giftigen, versteckten Krieg fort, ohne das geringste Zeichen der Versöhnung zu zeigen.

So verlief der Winter in aller Stille mit Holzfällen und Eisfischerei; zuweilen unterbrachen eine Partie Karten, ein Kaffeepunsch, ein Weihnachtsschmaus oder eine Vogeljagd das tägliche Einerlei.

Und dann kam der Frühling wieder. Die Eidergansjagd lockte auf die See hinaus, aber Carlsson verwendete alle Kraft auf die Frühjahrsarbeit, die eine reiche Ernte vorbereiten sollte; und deren bedurfte man wohl, um die Ausgaben für die Hochzeit zu decken, um so mehr, als man bei dieser Gelegenheit ein großartiges Fest abzuhalten gedachte, das noch viele Jahre in der Erinnerung weiterleben sollte.

Mit den Zugvögeln stellten sich auch die Sommergäste ein, der Professor war unverändert und fand alles hier draußen »herrlich«. Glücklicherweise war Ida nicht mitgekommen; sie hatte im April ihre Stelle verlassen und wollte bald heiraten. Ihre Nachfolgerin war nicht anziehend, und Carlsson hatte zu viel im Kopfe, um Zeit für dergleichen Sachen zu haben; er hielt ein Spiel in der Hand, das er ungern verlieren wollte.

Am Johannistage wurde das Paar zum erstenmal aufgeboten, und zwischen der Heuernte und der großen Ernte sollte die Hochzeit stattfinden, denn dies war die ruhigste Zeit sowohl auf dem Lande wie auf der See.

Nach dem Aufgebote machte sich eine keineswegs angenehme Veränderung in Carlssons Benehmen bemerkbar, und Madame Flod war die erste, die dies erfahren sollte. Sie hatten natürlich seit ihrer Verlobung nach Landessitte wie Eheleute miteinander gelebt, und der Verlobte der Alten, über dessen Haupt der Einspruch des Sohnes noch unentschieden schwebte, wußte sein Benehmen stets nach den zwingenden Umständen zu richten, aber jetzt, wo die Gefahr beseitigt war, steckte er die Nase in die Luft und zeigte die Krallen. Dies hatte jedoch auf Madame Flod, die sich gleichfalls fest im Sattel fühlte, keine andre Wirkung, als daß auch sie die Zähne zeigte, so viele sie noch hatte, und am Tage des dritten Aufgebots stießen die beiden zusammen.

Die ganze Bevölkerung der Insel, mit Ausnahme von Lotte, war zur Kirche gefahren, um zum Abendmahl zu gehen. Wie gewöhnlich hatte man das kleinste Boot genommen, um, falls man gezwungen war zu rudern, die Arbeit so leicht wie möglich zu machen. Es war deswegen kaum Platz im Boot, um so mehr, als man ein halbes Liespfund getrockneter Fische für den Pastor mitgenommen hatte, sowie einige Pfund Kerzen für den Küster, und alle möglichen Kleidungsstücke, Segel und Ruder, Füllschaufeln und Ballen, Schemel und dergleichen mehr.

Wie es die Sitte erheischte, hatte man am Morgen ein besseres Frühstück zu sich genommen und einander aus dem gemeinsamen Bierkrug und der Schnapsflasche tüchtig zugetrunken. Auf See war es sehr heiß, und niemand wollte rudern, weswegen sofort ein kleiner Streit unter den jungen Burschen ausbrach, von denen keiner in Schweiß gebadet zur Kirche kommen wollte. Die Frauen hatten sich ins Mittel gelegt, und als man die Kirchenbucht erreichte und die Glocken läuten hörte, die man seit Jahr und Tag nicht vernommen hatte, verstummte der Streit. Aber es wurde erst zum erstenmal geläutet, weshalb man reichlich Zeit hatte. Madame Flod ging daher ins Pfarrhaus, um die Fische abzuliefern. Der Pastor war noch beim Rasieren und befand sich in sehr gereizter Stimmung.

»Nun, das ist auch etwas Seltenes, daß die Leute aus Hemsö zur Kirche kommen«, begrüßte er das Brautpaar, indem er den Barbierschaum mit dem Finger vom Messer strich.

Carlsson, der die Fische getragen, wurde dann aufgefordert, sich in der Küche einen Schluck geben zu lassen.

Darauf ging man mit den Kerzen zum Küster, und auch hier erhielt man einen Schnaps.

Schließlich versammelten sich alle auf dem Kirchenhügel, besahen die Pferde des Großbauers, lasen die Inschriften auf den Grabhügeln und begrüßten alte Bekannte. Madame Flod machte dem Grabe des seligen Flod einen kurzen Besuch, während Carlsson allein umherging. Und dann läutete und knarrte es in dem Glockenturm, und die ganze Versammlung wanderte langsam in die Kirche. Nachdem die alte Kirche abgebrannt war, hatten die Leute aus Hemsö keinen Kirchenstuhl wieder bekommen, weshalb sie jetzt im Gange stehen mußten. Es war entsetzlich warm, und sie fühlten sich so fremd in dem weiten Raum, daß sie vor lauter Verlegenheit schwitzten und wie Verbrecher am Schandpfahl aussahen. Es war elf Uhr geworden, ehe man bis zum Hauptgesang kam, und die Hemsöer hatten die Beine über Kreuz geschlagen und abwechselnd bald auf dem einen, bald auf dem andern Fuß gestanden. Die Sonne sandte glühendheiße Strahlen, so daß der Schweiß in hellen Tropfen von der Stirn perlte; aber die Leute standen eingeklemmt und konnten sich nicht rühren. Dann kam der Kirchendiener und steckte die Nummer »128« aus dem Gesangbuch auf. Die Orgel stimmte ein Präludium an, und der Küster begann den ersten Vers zu singen. Die Anwesenden fielen ein, und dieser Vers wurde mit Lust und Liebe gesungen, als erwarte man, daß die Predigt unmittelbar darauf folgen würde; aber dann kam der zweite und danach der dritte Vers.

»Es ist doch ganz unmöglich, daß wir alle achtzehn Verse durchsingen sollen?« flüsterte Rundquist Norman zu.

Aber es war doch der Fall. Und in der Sakristeitür ward Pastor Nordströms erzürnter Blick sichtbar, der trotzig und herausfordernd auf der Versammlung ruhte, als wolle er die Gelegenheit benutzen, seinen Beichtkindern jetzt, wo er sie einmal unter den Händen hatte, eine gehörige Strafpredigt zu halten.

Als nun alle achtzehn Verse gesungen waren, zeigte die Uhr auf halb zwölf, und der Pastor bestieg die Kanzel. Aber da waren die Zuhörer auch so mürbe geworden, daß viele auf ihr Angesicht fielen und – einschliefen. Lange sollten sie jedoch die Ruhe nicht genießen, denn plötzlich donnerte der Prediger los, so daß die Schlummernden in die Höhe fuhren, die Köpfe erhoben und ihre Nachbarn mit blödsinnigem Blick anstarrten, als wollten sie fragen, ob etwa Feuer sei.

Carlsson und seine Braut hatten sich so weit vorgedrängt, daß jeglicher Versuch zu einem Rückzug abgeschnitten war. Die Alte war dem Weinen nahe, sie war todmüde, und ihr enges Schuhwerk wurde ihr, je mehr die Wärme stieg, immer unerträglicher. Zuweilen wendete sie sich um und warf ihrem Verlobten einen flehenden Blick zu, als wollte sie ihn bitten, sie doch gleich direkt in die See hinabzutragen; aber Carlsson, der Flods bequeme juchtenlederne Stiefel trug, ging so vollständig in dem Gottesdienst auf, daß er nur strafende, ungeduldige Blicke für die Unglückliche hatte. Die andern dagegen hatten sich langsam nach rückwärts gedrängt und waren so unter die Orgelverkleidung gelangt, wo es weit kühler war und wo man im Schatten stand. Dort entdeckte Gustav auch die Feuerspritze, auf die er sich setzte, Klara auf den Schoß nehmend.

Rundquist hielt sich an einem Pfeiler fest, und Norman stand, als die Predigt begann, neben ihm. Sie währte volle anderthalb Stunden. Der Text handelte von den weisen und den törichten Jungfrauen, und weil die Männer der Ansicht waren, daß dies Thema sie nicht berühre, so schliefen sie alle, im Sitzen, Hängen und Stehen.

Nach Verlauf einer halben Stunde stieß Norman Rundquist an, der vornübergebeugt mit der Hand vor der Stirn stand, als sei ihm unwohl, und zeigte mit dem Daumen auf Klara und Gustav, die auf der Feuerspritze saßen. Rundquist wendete sich vorsichtig um und riß die Augen auf, als habe er den leibhaftigen Teufel gesehen, dann lachte er verständnisvoll. Klara saß nämlich mit geschlossenen Augen und aus dem

Munde hängender Zunge, dem Ausdruck böser Träume, da; Gustav hingegen starrte Pastor Nordström unverwandt an, als verschlänge er jedes Wort und bemühe sich, den Sand in dem Stundenglas laufen zu hören.

»Das ist wirklich zum Lachen«, flüsterte Rundquist und ging leise und vorsichtig rückwärts, mit den Absätzen behutsam über die Ziegelsteine schleifend. Norman war sich gleich über Rundquists Plan klar; geschmeidig wie ein Aal schlich er sich auf den Kirchhof hinaus, wo sich Rundquist bald nach ihm einfand, und dann ging es in größter Eile hinab nach dem Boot.

Hier wehte eine kühle Seebrise, und diese im Verein mit den hastig eingenommenen Erfrischungen gab ihren Kräften bald wieder Spannkraft. Ebenso leise und vorsichtig, wie sie die Kirche verlassen, kehrten sie wieder dahin zurück und fanden hier Klara sanft in den Armen Gustavs entschlummert.

Die Predigt währte noch eine volle halbe Stunde, und dann verging eine zweite halbe Stunde mit Gesang, worauf endlich die Abendmahlsfeier begann. Die Gnadenmittel wurden unter großer Gemütsbewegung genommen, und Rundquist weinte. Madame Flod, die sich nach Schluß der Feier in einen der Stühle drängte, war nahe daran, Zank anzufangen, und wurde deshalb hinausgewiesen, worauf sie die letzte halbe Stunde vor dem Stuhl des Kirchenvorstehers, auf den Absätzen stehend, zubrachte, als brennten sie die Ziegelsteine durch die Schuhsohlen; und als dann endlich der Prediger das Aufgebot verlas, wußte sie nicht, was sie anfangen sollte, weil alle Leute sie ansahen.

Schließlich war der Gottesdienst zu Ende, und die Leute stürzten zu den Booten hinab. Madame Flod konnte den Druck der engen Beschuhung nicht länger ertragen, und sobald sie die Glückwünsche auf dem Kirchhofe in Empfang genommen hatte, zog sie ihre Stiefel aus und trug sie hinab ins Boot, wo sie sofort die Füße ins Wasser steckte und anfing, mit Carlsson zu schelten.

Als endlich alles an Bord gekommen war, erinnerte sich Carlsson plötzlich, daß er vergessen hatte, eine Tonne Teer zu holen. Aber da brach das Unwetter los. Die Frauen schrien, daß sie keinen Teer im Boote haben wollten, nein, um keinen Preis der Welt, denn sie trugen ihre neuen Kleider. Carlsson indessen holte trotzdem die Teertonne und verstaute sie hinten ins Boot. Darüber entstand ein förmlicher Aufruhr, denn niemand wollte in der Nähe des gefährlichen Gegenstandes sitzen.

»Worauf soll man denn eigentlich sitzen?« klagte Madame Flod.

»Nimm dein Kleid in acht und setze dich dann nur immer nieder«, antwortete Carlsson, der, nachdem das letzte Aufgebot glücklich überstanden war, noch ungenierter auftrat als vorher.

»Was für Reden führt Er da?« schrie die Alte.

»Ja, das ist meine aufrichtige Meinung. Setz dich nun nur ruhig hin, damit wir endlich fortkommen können!«

»Wer hat das Kommando hier im Boote, wenn ich fragen darf?« donnerte Gustav los, denn er war der Ansicht, daß man seiner Ehre zu nahe trete.

Und dann setzte er sich ans Steuer, ließ die Segel hissen und nahm die Halse[1] an sich. Das Boot lag ziemlich tief, der Wind war äußerst schwach, die Sonne brannte, und die Gemüter waren erregt.

Die Fahrt ging also sehr langsam vonstatten, und es half nichts, daß die Männer einen »Segelschluck« nahmen. Die Geduld war daher erschöpft, und Carlsson brach das Schweigen, indem er vorschlug, daß man die Segel streichen und rudern solle. Aber Gustav war entschieden dagegen. »Wartet nur, bis wir zwischen den Inseln heraus sind, dann bekommen wir schon Wind«, meinte er.

Und dann wartete man, bis schließlich ein dunkelblauer Streif in der Ferne sichtbar wurde und man hören konnte, wie sich die See an den äußersten Klippen brach.

Ein starker Ostwind war im Anzuge, und es kam Fahrt in die Segel. Als man die Spitze der Insel hinter sich hatte, erfaßte der Wind das Boot, so daß es sich legte; es kam aber gleich wieder in die Höhe und schoß in rasender Fahrt dahin, während die Wellen hoch aufspritzten. Nun mußte man wieder einen Schluck nehmen, weil Zug in die Sache gekommen war. Aber dann wurde der Wind so stark, daß die eine Seite des Bootes ganz unter Wasser lag. Carlsson wurde bange, hielt sich an der Bank fest und bat, daß man die Segel reffen solle.

Gustav antwortete nicht, sondern zog die Segel straffer, so daß das Boot Wasser einnahm.

Da sprang Carlsson ganz außer sich auf und wollte ein Ruder auslegen. Aber die Alte ergriff ihn am Rock und drückte ihn nieder.

»Um des Himmels willen, Mensch! Bleib doch sitzen!« schrie sie.

1   der unterste Zipfel eines Segels, an welchem die Taue zum Anholen befestigt sind

Carlsson setzte sich wieder, kreideweiß vor Angst; aber er hatte nicht lange gesessen, als er wie ein Besessener aufsprang und die Rockschöße aufhob.

»Gott du Gerechter! Der Satan leckt!« brüllte er und schüttelte die Rockschöße.

»Wer leckt?« fragte man von allen Seiten.

»Die Tonne, zum Teufel!«

»Ach, Herr Jesus!« schrien nun alle durcheinander und bemühten sich, so weit wie möglich vom Teer wegzukommen, der umherfloß und alle Schwankungen des Bootes mitmachte.

»Setzt euch!« donnerte Gustav, »sonst segle ich um.«

Carlsson hatte sich gerade erhoben, als ein neuer Windstoß kam. Rundquist, der die Gefahr sah, erhob sich vorsichtig und versetzte Carlsson einen Schlag, so daß er niedersank.

Eine Prügelei schien unvermeidlich, als Madame Flod, zum Äußersten getrieben, sich veranlaßt fand einzuschreiten.

Sie ergriff ihren Bräutigam am Kragen und schüttelte ihn:

»Welch ein Feigling Er ist! Er ist wohl noch nie auf See gewesen! Kann Er sich nicht benehmen wie ein Mann und sitzenbleiben?«

Nun wurde Carlsson wütend, machte sich frei, riß dabei aber ein Stück von seinem Rock ab.

»Willst du meine Kleider zerreißen, du Frauenzimmer!« brüllte er und setzte die Stiefel auf den Bootsrand, um sie gegen den Teer zu schützen.

»Was für Unsinn redet Er da?« raste die Alte. »Sein Rock! Von wem hat Er ihn denn erhalten? Ich bin kein Frauenzimmer für so einen Lumpen, der nichts mitgebracht hat!«

»Halts Maul!« brauste Carlsson auf, dessen empfindlichster Punkt hier berührt war, »sonst gebe ich dir die wohlverdiente Antwort!«

Gustav, dem die Sache doch zu weit zu gehen schien, fing an, einen kleinen Schottischen zu jodeln, in den Norman und Rundquist einfielen, worauf der giftige Wortwechsel verstummte und die üble Laune sich gegen Pastor Nordström richtete, der sie fünf Stunden hatte stehen lassen und sie mit achtzehn Gesangversen gequält hatte. Schließlich machte die Flasche die Runde, der Wind flaute ab, die Gemüter beruhigten sich, und endlich glitt das Boot zur allgemeinen Befriedigung in die Bucht und wurde an der Brücke vertaut.

Danach fing man mit den Vorbereitungen zur Hochzeit an; sie sollte drei Tage währen. Man schlachtete ein Schwein und eine Kuh, kaufte zweihundert Pott Branntwein, legte Heringe in Salz und Lorbeerblätter, buk, scheuerte, kochte, briet und mahlte Kaffee. Während dies alles vor sich ging, wanderte Gustav mit geheimnisvoller Miene umher. Er ließ die andern gewähren, ohne sich einzumischen. Carlsson aber saß gewöhnlich an dem Pult und schrieb und rechnete, reiste nach Dalarö und war die Seele des Ganzen.

Als der Tag vor der Hochzeit kam, packte Gustav in aller Frühe seinen Reisesack, nahm die Büchse über die Schulter und wollte ausgehen. Die Mutter erwachte jedoch, ehe er fortging, und fragte, wohin er wolle; Gustav antwortete, er beabsichtige hinauszufahren und sich nach dem Dorsch umzusehen, und damit ging er.

Unten am Strande lag sein Boot, in das er Proviant für mehrere Tage geschafft hatte. Auch mit einer Decke, einer Kaffeekanne und andern für einen Aufenthalt zwischen den Klippen unentbehrlichen Gegenständen hatte er sich versehen.

Er hißte sofort die Segel, und statt in die Bucht zu steuern, um zu sehen, ob die Fische in das warme, sandige, seichte Wasser am Strande gegangen waren, richtete er seinen Kurs geradeaus zwischen den Inseln hindurch.

Es war gegen Ende Juli, und der Morgen war blendend klar. Blauweiß wie Milch, von der man die Sahne geschöpft, breitete sich der Himmel über ihn aus, und die Inseln, Werder, Klippen und Steine verschwammen so völlig mit dem Wasser, daß man nicht genau sagen konnte, ob sie zum Himmel oder zur Erde gehörten. Auf den dem Lande zunächst gelegenen Holmen wuchsen Tannen und Erlen, und in den Buchten lagen Fischreiher, Samtenten, Fischenten und Möwen; weiter hinaus erblickte man nur Zwergtannen und Ginster, und Lummen und Alken umkreisten kühn das Boot, um die Aufmerksamkeit des Jägers von ihren in den Klippenhöhlen verborgenen Nestern abzulenken. Zuletzt wurden die Schären niedriger und nackter, nur hin und wieder gewahrte man eine einsame Tanne, deren einzige Aufgabe es scheinbar war, die Nester zu tragen, in denen die Eidergänse brüteten, oder einen vereinzelten Vogelbeerbaum, über dessen Krone eine ganze Wolke von Mücken schwebte.

Da draußen lag das große Meer, auf dem die verschiedenen Möwengattungen in ewigem Kampfe miteinander begriffen waren und über das man den Seeadler mit schwerem Flügelschlag dahinfliegen sah, um sich auf eine brütende Eidergans herabzustürzen. Weit hinaus, bis an die äußerste Klippe steuerte Gustav, der mit dem Steuer in der Hand und der Pfeife im Munde dasaß und sich von einer warmen südlichen Brise treiben ließ; gegen neun Uhr ging er bei Nordsten an Land. Es war dies eine kleine, klippenartige Insel, wenige Tonnen Land groß, die von einer Talsenkung durchschnitten wurde. Dort standen nur einzelne blattlose Vogelbeerbäume zwischen den Steinen; leuchtende, dunkelrote Beeren schauten aus den Klippenriffen hervor, und ein dünner Streifen von Heidekraut und Berghimbeeren bedeckte die Talsenkung; einzelne Wacholderbüsche lagen über den Klippen, als seien sie flachgetreten und müßten sich jetzt festklammern, um nicht fortgeweht zu werden. Hier war Gustav zu Hause; hier kannte er jeden Stein, hier wußte er unter den Wacholderbüschen die brütende Eidergans zu finden, die sich von ihm streicheln ließ und ihn ins Hosenbein biß. Hier stieß er seine Aalstange in eine Felsspalte hinab und zog eine Alke heraus, der er den Hals umdrehte, um sie dann zum Frühstück zu verzehren. Hier draußen war der Heringsfang der Hemsöer, und hier hatten sie zusammen mit andern Fischerdörfern eine Hütte erbaut, die ihnen als Nachtherberge diente. Hierhin lenkte nun auch Gustav seine Schritte, nahm den Schlüssel von seinem gewöhnlichen Platz unter dem Dachfirst und trug seine Sachen hinein. Die Hütte bestand nur aus einem fensterlosen Raum mit Bettkrippen, die wie die Fächer eines Wandbretts übereinander angebracht waren; ein Feuerherd, ein dreibeiniger Stuhl und ein Tisch vervollständigten die Einrichtung.

Nachdem er seine Sachen geborgen hatte, kletterte er auf das Dach, öffnete die Schornsteinluke und kroch wieder hinab. Dann nahm er die Schwefelhölzer von ihrem Platze unter einem Balken, zündete Feuer auf dem Herd an, auf dem der letzte Gast nach althergebrachter Sitte das Brennmaterial für seinen Nachfolger in Bereitschaft gelegt hatte, setzte den Kessel mit den Kartoffeln auf, legte eine Schicht gesalzener Fische oben auf die Kartoffeln und stopfte, während er wartete, seine Pfeife.

Als er gegessen und getrunken hatte, nahm er die Flinte und ging nach dem Boote hinunter, wo die Lockvögel lagen, ruderte mit ihnen hinaus und legte sie vor Anker, dann kroch er in die aus Stein und Reisig gebaute Schießhütte. Die Lockvögel schaukelten auf den langen Wellen, die sich am Lande brachen, aber keine Eidergans wollte sich locken lassen. Die Wartezeit wurde dem Jäger zu lang, er gab sein

Vorhaben auf, trieb sich am Strand umher und suchte eine Otter aufzustöbern, aber er stieß nur auf schwarze Nattern und Wespennester.

Allein es schien ihm auch nicht sonderlich viel daran gelegen, etwas zu finden; er streifte nur umher, um die Zeit totzuschlagen, oder weil es ihm Vergnügen machte, hier draußen zu sein, wo ihn niemand sah und hörte.

Am Nachmittag legte er sich in der Hütte nieder, um zu schlafen, und zur Vesperzeit ruderte er mit den Dorschschnüren hinaus, um sein Glück auf diese Weise zu versuchen. Die See lag nun spiegelblank da, und im Golde des Sonnenunterganges erschienen die Umrisse der Inseln wie leichter Rauch. Es war so lautlos ringsumher wie in einer windstillen Nacht; man konnte den Ruderschlag eine halbe Meile weit hören. Die Seehunde »badeten« in passender Entfernung vom Boote, steckten ihre runden Köpfe heraus, prusteten und tauchten wieder unter.

Der Dorsch biß, und es glückte Gustav, einige der Weißmägen ans Trockne zu ziehen; sie schnappten mit ihrem großen, ungefährlichen Rachen nach Wasser und schnitten Gesichter in der Sonne, als sie aus ihrer dunklen Tiefe heraufgezogen wurden und über dem Bootsrande zappelten.

Er hatte sich zwischen den nördlichen Schären gehalten und bemerkte deshalb erst gegen Abend, als er umlegte und an Land zurückkehren wollte, daß aus dem Schornstein der Hütte Rauch aufstieg. Indem er darüber nachdachte, was das zu bedeuten habe, eilte er schnellen Schrittes auf die Hütte zu.

»Bist du es?« rief ihm von innen eine Stimme entgegen, die er als die des Pastors erkannte.

»Sind Sie es, Herr Pastor?« rief Gustav aus, als er den Prediger am Feuerherde sitzen sah, beschäftigt, Heringe zu braten. »Sind Sie ganz allein hier draußen?«

»Ja, ich bin hier, um Dorsch zu fischen, und habe auf der andern Seite gelegen, deshalb habe ich dich nicht gesehen. Aber warum bist du denn nicht zu Hause bei den Vorbereitungen für die morgige Hochzeit?«

»Ich mache die Hochzeit nicht mit«, erwiderte Gustav.

»Unsinn! Warum solltest du sie nicht mitmachen?«

Gustav führte seine Gründe an, so gut er konnte, und es ergab sich, daß er nicht allein deswegen von der Hochzeit wegbleiben wollte, weil diese ihm widerwärtig war, sondern weil er dadurch auch denjenigen zu »stempeln« beabsichtigte, der an dem Ganzen schuld war.

»Ja, aber deine Mutter?« wendete der Pastor ein; »ist es nicht unrecht von dir, sie so an den Pranger zu stellen?«

»Das finde ich nicht«, antwortete Gustav. »Ich finde, sie fügt mir ein weit größeres Unrecht zu, indem sie mir einen solchen Burschen zum Stiefvater gibt; denn solange der lebt, bekomme ich den Hof nicht.«

»Ja, mein Junge, daran ist nun nichts mehr zu ändern, später läßt sich vielleicht Rat finden, aber morgen früh nimmst du dein Boot und segelst nach Hause. Bei der Hochzeit darfst du nicht fehlen.«

»Daraus wird doch wohl nichts«, versicherte Gustav; »wenn ich mir erst etwas in den Kopf gesetzt habe ...«

Der Prediger tat, als habe er es nicht gehört, und fing an, seine Heringe zu verspeisen.

»Du hast wohl nicht einen Schluck?« begann er nach einer kleinen Pause. »Siehst du, meine Frau hat die Angewohnheit, alle starken Getränke zu verschließen, und so früh am Tage kann ich mir nichts verschaffen.«

Gustav hatte wirklich Branntwein, und der Pastor bekam einen gehörigen Schluck, der ihm die Zunge löste, er redete nun darauflos, über die äußern und innern Gemeindeangelegenheiten. Auf den Steinen draußen vor der Hütte sitzend, sahen sie die Sonne untergehen und die Dämmerung sich gleich einem melonenfarbenen Tuch über Werder und Meer legen. Die Möwen gingen auf den Tanghaufen zur Ruhe, und die Krähen kamen über die Schären dahergeflogen, um im Walde ein Nachtquartier zu suchen.

Es wurde Schlafenszeit, und nun mußten die Mücken aus der Hütte vertrieben werden, zu welchem Zweck die Tür geschlossen und der ganze Raum mit Rauch angefüllt wurde, worauf man die Tür wieder öffnete und eine Jagd mit Vogelbeerzweigen begann. Dann zogen die beiden Fischer ihre Röcke aus und kletterten jeder in seine Krippe.

»Jetzt gib mir noch einen Schlaftrunk«, bat der Pastor, der schon mehr bekommen hatte, als ihm zuträglich war, und auf der Bettkante gab ihm Gustav die letzte Ölung, worauf man zu schlafen gedachte.

Es war dunkel in der Hütte, nur ein einziger Lichtstreif bahnte sich den Weg durch die undichte Wand; aber selbst in dieser spärlichen Beleuchtung wußten die Mücken die Müden zu finden, die sich wanden und sich von einer Seite auf die andre warfen, um den Plagegeistern zu entgehen.

»Nein, nein, das ist wirklich zu arg!« stöhnte der Pastor. »Schläfst du, Gustav?«

»Ach, Gott steh uns bei! Aus dem Schlafen wird über Nacht wohl nichts. Was soll man aber nun einmal anfangen?«

»Uns bleibt nichts andres übrig, als wieder aufzustehen und Feuer anzumachen. Wenn wir nur ein Spiel Karten hätten, dann könnten wir eine Partie machen, du hast wohl keine bei dir?«

»Nein, ich habe keine; aber ich glaube, ich weiß, wo die Quarnöer die ihren liegen haben«, antwortete Gustav, kroch vom Lager herab und holte unter einem der Betten ein fettiges Spiel Karten hervor.

Der Pastor hatte auf dem Herd vermittels eines Talglichtes und einiger Wacholderzweige Feuer angefacht. Gustav setzte den Kaffeekessel auf und zog einen Heringstrog heraus, der über die Knie gelegt und in einen Spieltisch verwandelt wurde. Und dann begann das Spiel, die Karten fielen, und die Zeit verstrich.

»Ich kaufe drei! Paß! Trumpf!« erklang es abwechselnd, und wenn eine Mücke einmal auf den Einfall kam, den Hals oder die Hände der Spielenden schröpfen zu wollen, so ertönte ein kräftiger Fluch.

»Hör einmal, Gustav«, unterbrach plötzlich der Prediger, dessen Gedanken sich nicht ausschließlich mit Karten und Mücken beschäftigt zu haben schienen, das Spiel, »könntest du ihm nicht doch einen Possen spielen, ohne von der Hochzeit fernzubleiben? Es sieht doch feige aus, einem solchen Lumpen aus dem Wege zu gehen; und wenn du ihn ärgern willst, so will ich dir einen guten Rat geben, wie sich das am besten anfangen läßt.«

»Nun, wie sollte sich das machen lassen?« fragte Gustav, der es doch im Grunde langweilig fand, daß er die Hochzeit nicht mitmachen sollte, die ja von seinem väterlichen Erbteil bezahlt wurde.

»Komme am Nachmittage gleich nach der Trauung nach Hause und sage dort, daß du auf der See aufgehalten worden bist. Das ist schon an und für sich scherzhaft, hierauf tun wir uns zusammen und machen ihn so betrunken, daß er sich nicht ins Brautgemach finden kann, und dann sorgen wir dafür, daß die Jugend ihren Scherz mit ihm treibt. Meinst du nicht auch, daß das genügt?«

Gustav schien nicht abgeneigt zu sein, darauf einzugehen; der Gedanke, drei Tage hier draußen auf der Klippeninsel allein zuzubringen und sich des Nachts von Mücken auffressen zu lassen, machte ihn zugänglich, um so mehr, als er wirklich Lust hatte, all die schönen Dinge zu kosten, die zu Ehren des Tages bereitet waren. Der Pastor entwarf nun einen Schlachtplan, der von Gustav angenommen wurde. Und mit sich selber und miteinander zufrieden, gingen sie endlich in ihre Kojen, als das Tageslicht durch die Türpfosten schien und die Mücken von ihrem nächtlichen Tanz ermüdet waren. –

Als Carlsson von den Heringsfischern erfuhr, daß sowohl Gustav wie der Prediger mit ihren Booten den Kurs nach Nordosten zu genommen hatten, ward es ihm sofort klar, daß eine Verschwörung gegen ihn angezettelt wurde. Er traute dem Prediger nicht, weil dieser bei dem Aufschub der Hochzeit seine Hand mit im Spiel gehabt hatte und ihm auch sonst bei jeder Gelegenheit seine Mißachtung bewies. Carlsson hatte sich vor ihm gedemütigt, war vor ihm gekrochen, hatte ihm geschmeichelt, aber alles ohne Erfolg. Wenn sie zusammen in einem Zimmer waren, so wandte ihm der Prediger stets seinen breiten Rücken zu, hörte niemals, was er sagte, und erzählte stets Geschichten, die Andeutungen auf die bevorstehende Begebenheit enthielten. Als daher Carlsson erfuhr, daß der Prediger ein Stelldichein mit Gustav auf den Schären gehabt, vermutete er, daß dies in einer bestimmten Absicht geschehen sei; und statt die Ausführung der bei der Zusammenkunft gefaßten Beschlüsse abzuwarten, entwarf er einen Plan, wie er seine Gegner fangen könne. Zufälligerweise hatte der Bootsmann von dem Distriktzollkutter Urlaub und war für den Augenblick als Mundschenk und Gehilfe bei dem Hemsöer Festschmaus angestellt; seine Anordnungen bei Tanzfesten und ähnlichen Gelegenheiten waren weit und breit bekannt und wurden sehr geschätzt. Carlsson hatte sich nicht geirrt, wenn er auf seine Hilfe zählte, wo es sich darum handelte, dem Prediger einen Possen zu spielen; denn der Bootsmann Rapp hatte noch ein Hühnchen mit dem Pastor zu rupfen. Er war seinerzeit aus triftigen Gründen von der Konfirmation zurückgewiesen worden, und der einjährige Aufschub hatte ihm viele Unannehmlichkeiten im Dienst bereitet. Bei einem Kaffeepunsch schmiedeten deshalb die beiden Predigerfeinde einen Plan gegen den Pastor, der darauf hinausging, diesem einen rechten Possen zu spielen; es handelte sich um nichts Geringeres, als um die Absicht, ihn betrunken zu machen, die erforderlichen Nachspiele, zu denen die Zeit und die Umstände den nötigen Impuls geben würden, nicht zu vergessen.

Von beiden Seiten waren also die Minen gelegt; der Zufall mußte entscheiden, welche die wirksamste sein würde.

Und dann kam der Hochzeitstag. Die ganze Hofbevölkerung erwachte müde und in schlechter Laune nach den angreifenden Vorbereitungen, und da die ersten Gäste zu früh eintrafen – die Wasserverbindungen ließen die Zeit nicht so genau bestimmen –, so war niemand unten an der Brücke, um sie zu empfangen; sie schlichen verlegen zwischen den Hügeln umher, als seien sie ungebetene Gäste. Die Braut war noch nicht geschmückt, und der Bräutigam lief in Hemdärmeln umher, trocknete Gläser, zog Flaschen auf und steckte Kerzen auf die Leuchter. Das Haus war frisch gescheuert und mit Laub geschmückt, und alle Möbel waren ausgeräumt und standen in einer Ecke hinter dem Hause, so daß es aussah, als ob eine Auktion abgehalten werden sollte. Draußen im Garten war eine Flaggenstange errichtet, auf der man die eigens zu diesem Zweck geliehene Zollflagge gehißt hatte. Über der Haustür hingen ein Kranz und eine Krone aus Preiselbeerstrauchwerk, und zu beiden Seiten standen junge Birken. Auf den Fensterbrettern waren ganz wie in einem Laden Flaschen mit den leuchtendsten Farbendrucketiketten aufgestellt, die bis weit vor das Haus sichtbar waren; Carlsson liebte nun einmal die starken Effekte. Der goldgelbe Punsch schien gleich Sonnenstrahlen durch das seifengrüne Glas; der Purpur des Kognaks leuchtete wie Kohlenfeuer, und die silberähnlichen Zinnkapseln auf den Korken glichen neugeprägten Fünfzigörestücken. Einige von den kühnsten Bauernburschen kamen näher heran, um alle diese Schätze zu bewundern; sie betrachteten sie neugierig wie ein Schaufenster und empfanden schon beim bloßen Anblick der Flaschen ein angenehmes Gefühl im Halse.

Auf jeder Seite der Tür lag eine hundertundzwanzig Pott enthaltende Tonne, die gleich schweren Mörsern den Eingang beschützten; die eine war mit Branntwein gefüllt, die andre mit Schwachbier; und dahinter lagen, gleich Kugelpyramiden, zweihundert Lagerbierflaschen. Es war ein prachtvoller und kriegerischer Anblick; und Bootsmann Rapp ging als Artillerist umher, mit einem am Leibriemen befestigten Korkzieher, das Kriegsmaterial ordnend, das unter seinem Kommando stand. Er hatte die Tonnen mit Tannenzweigen geschmückt, sie mit Messinghähnen angestochen und schwang nun seinen Spundhammer wie einen Stückwischer und schlug von Zeit zu Zeit an die Fässer, um zu zeigen, daß sie voll seien. In seiner Paradeuniform, blauer Jacke mit breitem Kragen, weißen Beinkleidern und blankem Hut, aber der Vorsicht wegen ohne Seitengewehr, flößte er den Bauern einen ungeheuren Respekt ein, und er hatte auch außer seinem Amt als Mundschenk die Verpflichtung übernommen, Ordnung zu halten, nötigenfalls Hinauswerfer zu sein und bei etwaiger Prügelei einzuschreiten. Die reichen Bauernburschen taten freilich, als sähen sie auf ihn herab; aber im Grunde waren sie neidisch, denn sie hätten für ihr Leben gern in einer so hübschen Uniform gesteckt, wenn nur nicht die Furcht vor der »Katze« und dem bösen Unteroffizier gewesen wäre.

In der Küche standen zwei Kessel mit Kaffee auf dem Feuer, und die von allen Ecken und Kanten zusammengeliehenen Kaffeemühlen knarrten und kreischten; Zuckerhüte wurden mit Äxten in Stücke zerschlagen, und Weizenkuchen standen in langen Reihen an den Fenstern. Die Mädchen liefen hin und her zwischen den Vorratskammern, die mit allen möglichen gekochten und gebratenen Sachen und ganzen Säcken frischgebacknen Brotes angefüllt waren. Von Zeit zu Zeit sah man die Braut in Hemdärmeln den Kopf mit den flatternden falschen Flechten aus dem Kammerfenster stecken, um Klara oder Lotte zu rufen.

Ein Boot nach dem andern steuerte jetzt in die Bucht, machte einen flotten Schlag, um an dem Brückenkopf vorüberzukommen, strich dann die Segel und legte unter Gewehrsalut an. Aber es währte lange, ehe man sich nach dem Hause hinaufwagte, und noch immer trieben sich Scharen von Gästen zwischen den Hügeln umher.

Glücklicherweise hatte die Frau Professor mit den andern eines Geburtstags wegen verreisen müssen, nur der Professor war zu Hause. Er hatte deshalb freundlichst die Einladung angenommen und seinen großen Saal zur Trauung überlassen, ebenso den Rasenplatz unter den Eichen, wo der Kaffee getrunken und die Abendmahlzeit eingenommen werden sollte. Hier waren nun vermittels Tonnen und Böcken, über die man lange Bretter gelegt hatte, Bänke und Tische zusammengestellt, welch letztere schon fertig gedeckt waren.

Auf dem Hofplatz hinter dem Hause bildeten sich jetzt kleine Gruppen. Rundquist, mit Tran in den Haaren, frisch barbiert und in einer schwarzen Jacke, hatte es übernommen, die Gäste mit spöttischen Bemerkungen zu unterhalten, und Norman, dem im Verein mit Rapp das Vertrauensamt des Salutierens, hauptsächlich mit Dynamitpatronen, übertragen war, hielt sich abseits und übte sich in kleinerm Maßstabe mit einer Pistole. Er hatte dafür aber seiner Handharmonika entsagen müssen; denn der feinste Violinspieler der Gegend, der Schneider aus

Fifang, hatte die Musik übernommen, und dieser Herr gestattete keine Eingriffe in seine Rechte.

Dann kam der Pastor, in heiterster Hochzeitslaune, zu Scherzen mit dem Brautpaar aufgelegt, wie das Sitte und Gebrauch war.

Jetzt trat der Professor ein, im Frack, mit weißer Halsbinde und hohem Hut. Der Prediger legte sofort Beschlag auf ihn als ebenbürtige Standesperson und begann ein Gespräch, dem die Frauen mit gespanntester Aufmerksamkeit lauschten; denn sie waren alle fest davon überzeugt, daß der Professor ein grundgelehrter Mann sei.

Aber dann erschien Carlsson in der Tür und meldete, daß nun alles bereit sei, man vermisse nur Gustav, um beginnen zu können.

»Wo ist Gustav?« rief eine Stimme draußen, und der Ruf hallte bis zur Scheune wider.

Niemand antwortete, niemand hatte ihn gesehen.

»Ach, ich weiß wohl, wo er ist«, sagte Carlsson.

»Aber wo kann er nur sein?« fragte der Pastor mit einer listigen Miene, die von Carlsson wohl bemerkt ward.

»Ein Vögelchen hat davon gesungen, daß man ihn draußen auf Nordosten gesehen hat, und er wird wohl irgendeinen Lumpen bei sich gehabt haben, der ihm zu trinken gegeben.«

»Nun, wenn er in schlechte Gesellschaft geraten ist, wird es wohl das beste sein, nicht länger auf ihn zu warten«, meinte der Pastor. »Es ist eine Schande, daß er sich nicht zu Hause hält, wo er so gute Vorbilder vor Augen hat, nach denen er sich richten kann. Aber was sagt denn die Braut? Sollen wir uns erheben oder sollen wir noch sitzenbleiben?«

Man holte die Ansicht der Braut ein, und obgleich ihr die Sache sehr fatal war, hielt sie es doch für das richtigste, zu beginnen, weil sonst der Kaffee kalt werden würde. So brach man denn unter einer Dynamitsalve auf. Der Spielmann kratzte und fiedelte, der Pastor legte sein Ornat an, die Brautführer bildeten den Vortrab, und der Prediger führte die Braut, die ein schwarzseidenes Kleid, einen weißen Schleier und einen Myrtenkranz trug und die so stark nach Parfüm duftete, daß man es von weitem merken konnte. Und so zog man nach der Wohnung des Professors unter den Tönen der Violine und dem Knallen der Sprengschüsse.

Die Braut blickte sich noch im letzten Augenblicke forschend nach allen Seiten um, in der Hoffnung, daß der verlorene Sohn sichtbar werde, und als man bis an die Tür gelangte, mußte der Prediger sie hineinziehen, während sie den Kopf nach rückwärts wendete. Aber schließlich kamen sie ins Haus; die Gäste stellten sich an den Wänden auf, als sollten sie Wache auf einem Richtplatz halten, und das Brautpaar erhielt seinen Platz vor zwei umgekehrten Stühlen, die mit einem Brüsseler Teppich bedeckt waren. Der Pastor hatte das Buch hervorgeholt, zupfte an dem Kragen und wollte sich eben räuspern, als die Braut die Hand auf seinen Arm legte und ihn bat, einen Augenblick zu warten. Es wäre ja möglich, daß Gustav noch käme.

Es wurde still im Zimmer, und man hörte nur das Knarren der Stiefel und das Rascheln der gesteiften Unterröcke, das nach Verlauf von einigen Minuten auch verstummte. Schließlich sagte der Prediger, auf den aller Blicke gerichtet waren:

»Diese Wartezeit zieht sich denn doch zu sehr in die Länge. Nun fangen wir an. Ist er bis jetzt nicht gekommen, so kommt er auch nicht mehr.«

Und dann begann er zu lesen: »Geliebte Gemeinde! Die Ehe ist eine von Gott eingesetzte heilige Handlung …«

In diesem Tone hatte er eine Zeitlang fortgefahren, und die älteren Frauen hatten schon ihre Taschentücher herausgezogen und fingen an zu weinen, als plötzlich ein lauter Knall und dann ein Klirren von Glasscherben erklang. Man lauschte einen Augenblick, ließ sich aber nicht weiter dadurch stören; nur Carlsson schien unruhig zu werden und schielte zum Fenster hinaus. Bald folgte ein erneutes »Paff! Paff! Paff!«, das ungefähr so klang, als würden Champagnerflaschen entkorkt, und die jungen Burschen, die in der Nähe der Tür standen, fingen an zu kichern. Die Unruhe legte sich jedoch wieder, und der Prediger wendete sich gerade an den Bräutigam: »Im Namen des allwissenden Gottes und im Beisein dieser Versammlung frage ich dich, Johannes Eduard Carlsson, ob du diese Anna Eva Flod zu deinem Eheweibe haben und Freude und Leid mit ihr teilen willst« – als statt einer Antwort eine neue Salve erklang, Korke knallten, Glassplitter klirrten und der Hund bellte, als wenn er toll geworden wäre.

»Wer wagt es, da draußen Flaschen aufzuziehen und diesen heiligen Akt zu unterbrechen?« donnerte nun Pastor Nordström los.

»Ja, danach wollte ich auch eben fragen«, entfuhr es Carlsson, der seine Neugierde und Unruhe nicht länger zügeln konnte; »macht Rapp da den Spektakel?«

»Was ist los? Was soll ich getan haben?« brauste Rapp auf, der sich durch diese Verdächtigung gekränkt fühlte.

»Paff! Paff! Paff!« knallte es ohne Unterbrechung.

»So geht in Jesu Namen hinaus und seht nach, ob da ein Unglück geschehen ist!« schrie der Pastor; »dann können wir nachher fortfahren.«

Ein Teil der Hochzeitsgäste stürzte hinaus, andre drängten sich an die Fenster.

»Es ist das Bier!« riefen einige.

»Das Bier springt, das Bier!« rief der Professor.

»Ja, wie kann man aber auch das Bier in die Sonne legen?«

Die aufgestapelten Bierflaschen lagen wie Mitrailleusen da und knallten los, daß der Schaum über die Erde floß.

Die Braut war empört über diese unerwartete Unterbrechung der Trauung, die sicher kein gutes Omen war, der Bräutigam erhielt Scheltworte wegen seines schlechten Arrangements und war nahe daran, in Schlägerei mit dem Bootsmann zu geraten, auf den er alle Schuld schieben wollte. Der Pastor war ärgerlich, daß die heilige Handlung durch den unangenehmen Zwischenfall unterbrochen wurde, aber draußen auf dem Berge standen die Bauernburschen und tranken die Neigen aus den Flaschenscherben.

Als sich der Sturm endlich gelegt hatte, versammelte man sich abermals im Zimmer; die Stimmung war freilich etwas weniger andächtig als vorher, doch nachdem der Prediger die Frage an den Bräutigam wiederholt hatte, wurde die Zeremonie ohne weitere Unterbrechungen fortgesetzt, ein unterdrücktes Kichern der Jugend draußen im Vorsaal abgerechnet.

Die Glückwünsche hagelten auf die Neuvermählten herab, und so schnell wie möglich verließ man das Zimmer, in dem es nach Schweiß, Branntwein, feuchten Strümpfen, Lavendel und welken Blumensträußen roch. Und dann begab man sich in aller Eile an den Kaffeetisch.

Carlsson nahm zwischen dem Professor und dem Pastor Platz, die Braut dagegen hatte keine Ruhe zum Sitzen, sie mußte hin und her laufen, um die Bedienung zu beaufsichtigen.

Der Juliabend war prächtig; die Sonne schien, und unter den Eichbäumen herrschten Lärm und Fröhlichkeit. Nach dem Kaffee mit Zubehör kam der Kaffeepunsch an die Reihe, und der Branntwein floß in Strömen, oben am Ende des Tisches aber, bei dem Bräutigam, wurde schwedischer Punsch serviert, wogegen weder die Alten noch die Jungen etwas einzuwenden hatten. Das war ein Getränk, das man nicht alle Tage bekam, und der Pastor goß sich deshalb auch noch seine Kaffeetasse damit voll.

Heute war er ungewöhnlich liebenswürdig gegen Carlsson, trank ihm fortwährend zu, lobte ihn und er zeigte ihm die größte Aufmerksamkeit, ohne darum den Professor zu vergessen, dessen Gesellschaft ihm um so mehr Vergnügen bereitete, als er so selten mit gebildeten Leuten zusammenkam. Aber es ward ihm schwer, das richtige Thema zu treffen, denn die Musik war nicht seine Stärke, und als der Professor das Gespräch höflichkeitshalber auf das Gebiet des Pastors bringen wollte, wich er ihm aus. Die Schwierigkeit, einander zu verstehen, trug auch dazu bei, eine Annäherung unmöglich zu machen, umso mehr, als der Professor, der gewohnt war, seinen Gefühlen in Musik Luft zu machen, ungern lange sprach.

Nun kam der Spielmann, dem es sehr sauer geworden war, sich so lange zurückzuhalten und unbemerkt zu bleiben; nachdem er seinen Mut durch eine gehörige Anzahl von Gläsern Kaffeepunsch gestärkt hatte, wollte er mit dem Professor über Musik sprechen.

»Ich bitte um Entschuldigung, Herr Kammermusikus«, grüßte er und klimperte auf seiner Violine, »sehen Sie, wir beide haben so ungefähr dieselben Interessen, denn ich spiele auch, das heißt auf meine Manier.«

»Scher dich zur Hölle, Schneider, und sei nicht unverschämt!« fuhr Carlsson ihn an.

»Ja, ja, entschuldigt, Carlsson, Euch geht das nun gerade nichts an; aber Herr Kammermusikus, untersuchen Sie einmal meine Violine, probieren Sie dieselbe und dann sagen Sie mir, ob sie nicht gut ist; ich hab sie bei Hirsch gekauft, und sie hat mich volle zehn Reichstaler gekostet.«

Der Professor klimperte auf der Quinte, lachte und sagte:

»Sehr schön, mein Lieber!«

»Ja, so ist es: wenn sich jemand auf eine Sache versteht, dann kann man ein wahres Wort zu hören bekommen; will man aber über Kunst mit diesen, diesen« – er wollte flüstern, aber seine Stimme versagte ihm diese Abstufung, so daß er statt dessen ganz laut schrie – »mit diesen verfluchten Bauernlümmeln …«

»Gib dem Schneider eins über den Schnabel!« riefen mehrere Stimmen.

»Du, Schneider, du darfst dich nicht betrinken, hörst du! Denn dann können wir ja nicht tanzen.«

»Rapp, gib acht, daß der Spielmann nicht mehr trinkt!«

»Was, bin ich etwa nicht zum Trinkgelage eingeladen? Bist du vielleicht auch noch geizig, du Schmarotzer?«

»Setz dich nun ruhig hin, Friedrich, und sei stille«, sagte der Pastor; »sonst bekommst du Prügel!«

Aber der Schneider wollte sich absolut über seine Kunst aussprechen, und um die Vortrefflichkeit seiner Violine zu beweisen, fing er an zu spielen.

»Hören Sie doch einmal zu, Herr Kammermusikus, hören Sie diesen Baß, der klingt geradeso wie eine kleine Orgel.«

»Halt das Maul, Schneider!«

Es entstand eine Bewegung am Tisch, und die Aufregung nahm zu, da rief plötzlich einer: »Gustav ist da!«

»Wo, wo?«

Klara sagt, daß sie ihn unten beim Holzstapel gesehen hat.

»Sagt mir Bescheid, wenn er hineingegangen ist«, bat der Pastor, »aber nicht eher, als bis er im Hause ist, hört ihr?«

Jetzt wurden die Groggläser hingesetzt, und Rapp öffnete die Kognakflaschen.

»Das geht ja sehr hoch her«, meinte der Pastor; aber Carlsson war der Ansicht, daß es sich so gehöre.

Rapp ging in aller Stille umher und forderte sämtliche Anwesenden auf, mit dem Pastor anzustoßen, der auch schnell sein erstes Glas geleert hatte und sich nun ein zweites brauen mußte.

Der Pastor rollte schon mit den Augen und fing mit der Zunge zu schnalzen an. Er sah sich Carlssons Gesichtszüge so genau wie möglich an und bemühte sich, ausfindig zu machen, ob er wohl schon genügend zu sich genommen habe. Aber das Sehen ward ihm schwer, deswegen begnügte er sich mit ihm anzustoßen.

Da kam Klara und rief:

»Jetzt ist er hineingegangen, Herr Pastor! Jetzt ist er im Hause.«

»Zum Teufel auch, was du sagst! Ist er wirklich schon im Hause?«

Der Prediger hatte vergessen, wem diese Frage galt.

»Was für ein ›er‹ ist im Hause, Klara?« fragte man im Chor.

»Gustav natürlich!«

Der Prediger erhob sich, ging nach dem Hause hinab und holte Gustav, der scheu und verlegen an den Tisch geführt wurde. Dann wurde er mit einem Glase Punsch und lauten Hurrarufen begrüßt. Gustav und Carlsson stießen miteinander an, und Gustav sagte kurz:

»Ich gratuliere!«

Carlsson wurde gerührt und trank das Glas bis auf den letzten Tropfen aus, indem er erklärte, daß es ihm große Freude bereite, Gustav zu sehen, obwohl er spät käme; daß er zwei kenne, deren alte Herzen glücklich wären, ihn doch noch hier zu begrüßen.

»Und glaube mir«, schloß er, »es kommt nur darauf an, daß man den alten Carlsson richtig nimmt; dann zeigt er sich auch so, wie er wirklich ist.«

Gustav war nicht gerade sehr entzückt, forderte Carlsson aber trotzdem auf, ein spezielles Glas mit ihm zu trinken.

Die Dämmerung brach herein, die Mücken tanzten, und die Menschen zechten; die Gläser klirrten, das Lachen schallte, und zwischen den Büschen vernahm man schon Kichern und Hurrarufe, Schreien und Schießen unter dem blauen Sommerhimmel. Und von der Wiese herauf klang das Zirpen der Heimchen und der Gesang der Wachteln.

Jetzt wurden die Tische abgeräumt, denn das Abendbrot sollte aufgetragen werden. Rapp hängte bunte Lampen, die er von dem Professor geliehen hatte, in die Kronen der Eichen; Norman lief mit Tellerstapeln umher, und Rundquist lag auf den Knien und zapfte Dünnbier und Branntwein ab. Die Mädchen trugen Unmengen von Butter und Heringen, hohe Stapel von Pfannkuchen und große Schalen mit Fleischklößen auf. Und als endlich alles fertig war, klatschte der Bräutigam in die Hände:

»Seid nun so freundlich und nehmt einen Bissen Brot zu euch!«

»Aber wo bleibt denn der Herr Pastor?« wendeten die Frauen ein. Ohne den Pastor wollte niemand anfangen.

»Und der Herr Professor? Wo sind sie nur geblieben? Nein, das geht unmöglich, so können wir nicht anfangen.«

Man rief und suchte, aber niemand antwortete. Man umstand die Tische zusammengedrängt mit begehrlichen Augen wie ausgehungerte Hunde, bereit, über das Aufgetragene herzufallen; aber keine Hand rührte sich, und die Stimmung war anfangs sehr gedrückt.

»Der Herr Pastor hat sich erkältet«, sagte Carlsson; »er will sich ein wenig ausruhen, oder er hat sich heimlich auf den Heimweg gemacht. Seid nur so gut und fangt an!«

Man ließ sich nicht zweimal nötigen, sondern stürzte über die Schüsseln her und überließ den Pastor seinem Schicksal.

Es wurde viel Bier und Wein getrunken, und die Fröhlichkeit wurde immer größer. Nachdem man alle Speisen vertilgt hatte und auf dem Grunde aller Teller und Schüsseln angelangt war, begab man sich ins Haus, um zu tanzen.

Der Spielmann saß auf dem Feuerherd und fiedelte, und der Tanz ging wie ein Mühlwerk; aus den offenen Fenstern steckten die Tänzer ihre durchschwitzten Rücken zur Abkühlung, und vor der Tür in der frischen Nachtluft saßen die Alten und freuten sich über das fröhliche Treiben, rauchten, tranken und scherzten im Halbdunkel und in dem schwachen Schein des Küchenfeuers und der Lichter aus dem Tanzsaal, der durch die Fenster drang.

Aber draußen in Tal und Wiese wanderte Paar auf Paar in dem taufrischen Gras unter dem schwachen, flimmernden Licht des Sternenhimmels, um beim Duft des Heus und dem Zirpen der Grillen das Feuer zu löschen, das die Wärme des Tanzsaals, der starke Geist des Branntweins und die wogenden Töne der Musik entfacht hatten.

Die Mitternachtsstunden wurden vertanzt, und im Osten rötete sich der Himmel; die Sterne verkrochen sich in die Himmelswölbung, und die Deichsel des Wagens ragte in die Luft, als sei er umgestürzt; aus dem Schilf ertönte das Geschnatter der Enten, und in der stillen, blanken Bucht spiegelten sich die Zitronenfarben der Morgenröte wider, unterbrochen von den dunklen Schatten der Erlen, die im Wasser auf dem Kopf zu stehen und bis auf den Grund der See zu reichen schienen. Aber das währte nur eine kurze Zeit, dann kamen vom Lande her dichte Wolken gezogen, und es wurde abermals Nacht.

Plötzlich erklang von der Küche her der Ruf: »Der Punsch! der Punsch!« und in langem Zuge kamen nun die Knechte mit einem großen Kessel, aus dem der Spiritus mit bläulichem Schimmer aufflammte, während der Spielmann einen Marsch anstimmte.

Carlsson schlich sich inzwischen auf seine Kammer hinauf. Als er hineintrat, wandelte ihn eine momentane Schwäche an, überanstrengt wie er war von den Beschwerden der letzten Tage und der verflossenen Nacht. Er dachte daran, wie ganz anders es mit Ida gewesen sein würde, wenn ihr Verhältnis nicht gestört worden wäre, dann trat er ans Fenster und blickte mit langem, wehmütigem Blick über die Bucht hinaus. Die Wolken da draußen waren fortgetrieben und sammelten sich wie ein weißer Schleier über dem Wasser; die Sonne ging auf und schien in die Brautkammer, das bleiche Gesicht und die geschwollenen Augen beleuchtend, die sich zusammenkniffen, als kämpften sie mit Tränen. Das Haar hing in feuchten Strähnen über der Stirn, das weiße Halstuch war beschmutzt, und der Rock hing schlaff am Körper herab. Die Sonnenwärme erzeugte kalte Fieberschauer, und indem sich Carlsson mit der Hand über die Stirn fuhr, wendete er sich von dem Fenster ab.

›Ja, aber es ist doch hart!‹ sagte er zu sich selbst, raffte sich auf und machte sich daran, die Bettücher abzunehmen.

Der Pastor und der Professor aber hatten sich längst auf den Heimweg gemacht – die beiden Predigerfeinde hatten ihren hinterlistigen Plan nicht ganz zur Ausführung bringen können.

Erst am frühen Morgen verließen die letzten Hochzeitsgäste das Haus.

Sechstes Kapitel

Veränderte Verhältnisse und veränderte Aussichten. Es geht mit der Landwirtschaft zurück, aber der Grubenbetrieb blüht

Carlsson gehörte nicht zu den Leuten, die sich von unangenehmen Gefühlen länger anfechten lassen, als es ihnen selbst gefällt. Er ließ das Unwetter über sich ergehen und schüttelte es dann wieder ab. Seine Stellung als Hofbesitzer hatte er sich durch seine Tüchtigkeit und seinen Verstand erobert, und als Madame Flod sich mit ihm verheiratete, war der Vorteil, seiner Ansicht nach, ebenso groß für sie wie für ihn. Nachdem der Hochzeitsrausch verdampft war, wurde Carlsson indessen weniger eifrig; er war seines Erbes sicher, da Nachkommenschaft zu erwarten war. Seine Absicht, den feinen Herrn zu spielen, hatte er aufgegeben, weil er sah, daß das nicht ging; statt dessen spielte er jetzt den Großbauer. Er trug eine schöne wollene Jacke, band eine solide Lederschürze vor und ging in Wasserstiefeln einher. Und den größten Teil seiner Zeit verbrachte er an der Pultklappe, wo sein Lieblingsplatz war; er las Zeitungen, schrieb und rechnete dagegen weniger als früher, sah der Arbeit mit der Pfeife im Munde zu und zeigte nur oberflächliches Interesse für die Landwirtschaft.

»Es geht zurück mit der Landwirtschaft«, sagte er, »das habe ich in der Zeitung gelesen; es ist jetzt vorteilhafter, sein Korn zu kaufen.«

»Er sprach früher ganz anders«, meinte Gustav, der genau achtgab, was Carlsson sagte und tat, im übrigen aber seine Rechte als Sohn nicht geltend machte.

»Die Zeiten ändern sich, und wir verändern uns mit ihnen. Ich danke Gott für jeden Tag, an dem ich klüger werde«, antwortete Carlsson.

Jetzt fing er auch an, des Sonntags zur Kirche zu gehen, diskutierte öffentliche Fragen und wurde in den Gemeinderat gewählt. Dadurch kam er in nähere Berührung mit dem Prediger, und endlich brach der große Tag für ihn an, an dem er die öffentliche Erlaubnis erhielt, du zu ihm zu sagen. Dies war sein kühnster Traum gewesen, und er sprach noch ein ganzes Jahr nachher darüber, was er gesagt und was Nordström geantwortet hatte.

»Du, hör einmal, lieber Nordström«, sagt ich, »diesmal sollst du mich machen lassen.« Und dann sagte Nordström: »Carlsson, du mußt nicht halsstarrig sein, du bist zwar ein kluger Kerl, ein verständiger Kerl …«

In der Folge wurden Carlsson auch eine Menge kommunaler Vertrauensämter übertragen, unter denen das Brandwesen ihm das zusagendste war. Dies bestand darin, daß er auf Kosten der Gemeinde im Lande herumreiste und Kaffeepunsch bei Bekannten trank. Auch die Reichstagswahlen, obgleich diese weit landeinwärts abgehalten wurden, warfen ein wenig ab. Zu den Wahlzeiten und auch sonst ein paarmal im Jahr kam der Baron mit einer Jagdgesellschaft und einem Dampfschiff und bezahlte fünfzig Kronen, um ein paar Tage auf der Insel jagen zu dürfen; Punsch und Kognak flossen Tag und Nacht, und wenn die Jäger heimreisten, hinterließen sie eine gute Nachrede als gentile Leute.

Carlsson stieg auf diese Weise im Ansehen; er wurde als Lumen betrachtet, als eine Autorität mit Verständnis von Dingen, die die andern nicht begriffen. Aber einen schwachen Punkt hatte er doch noch, und er mußte es oftmals fühlen, daß er eine »Landratte« war und kein ordentlicher Seemann.

Um diesen Rangesunterschied auszugleichen, fing er an, sich auf das Seewesen zu verlegen und große Lust zum Seeleben zu zeigen. Er putzte eine Flinte blank und ging auf die Jagd, beteiligte sich am Fischfang und wagte sich auf längere Segelfahrten.

»Es geht zurück mit der Landwirtschaft, wir müssen den Fischfang eifriger betreiben«, antwortete er seiner Frau, wenn sie ihre Besorgnis darüber aussprach, daß das Feld und das Vieh vernachlässigt werde.

»Vor allen Dingen die Fischerei! Die Fischerei für den Fischer und die Erde für den Landmann«, erklärte er, nachdem er auf der Kirchenversammlung von dem Schulmeister gelernt hatte, seine Worte »parlamentarisch« zu belegen.

Trat Geldmangel ein, so mußte man auf den Wald loshauen.

»Der Wald muß gelichtet werden, um gedeihen zu können, sagt der rationelle Forstmann; aber ich weiß nicht, was das Richtige ist.«

Und wenn Carlsson es nicht wußte, wie sollten es da die andern wissen?

Rundquist ward die Ackerwirtschaft und Klara das Vieh übertragen. Rundquist aber kümmerte sich nicht um die Äcker, sondern ließ sie wie Grasflächen brachliegen, hielt nach dem Frühstück einen Mittagsschlaf am Grabenrand und nach dem Vesperbrot einen Mittagsschlaf unter dem Gebüsch und beschwor die Kühe, wenn sie keine Milch gaben.

Gustav war stets draußen auf See und erneute den alten Jägerbund mit Norman. Die Interessen, die eine kurze Zeit lang alle Arme in Tätigkeit gesetzt hatten, bestanden nicht mehr; für einen andern zu arbeiten, war nicht anregend, und deshalb ging alles seinen langsamen Schneckengang.

Im Herbst, wenige Monate nach der Hochzeit, ereignete sich indessen etwas, das gleich einem Stoßwind auf Carlssons Fahrzeug wirkte, das kürzlich mit vollen Segeln ausgelaufen war. Seine Gattin wurde nämlich vor der Zeit von einem toten Kinde entbunden. Ihr Zustand war besorgniserweckend, und der Arzt erklärte, daß Carlsson jetzt jede Hoffnung auf einen Erben aufgeben müsse.

Dies war sehr verhängnisvoll für Carlsson; denn wenn sie jetzt starb, konnte er nur auf das Altenteil kommen. Und da die Alte nach der Entbindung kränkelte, drohte diese Veränderung in seiner Stellung früher einzutreten, als er erwartet hatte.

Jetzt kam wieder Leben in Carlsson. Die Landwirtschaft mußte so schnell als möglich auf den Damm gebracht werden; weshalb – das ging ja niemanden etwas an. Es wurde Bauholz zu einem neuen Hause gefällt, weshalb – das brauchte er ja nicht jedem auf die Nase zu binden. Die Jagdlust mußte bei Norman wieder unterdrückt werden, noch einmal wurde er von seinem Freunde weggelockt; und auch Rundquist wurde mit Beschlag belegt und durch Lohnerhöhung angefeuert. Man pflügte, säte, fischte und zimmerte, und jetzt mußten die Gemeindepflichten zurückstehen.

Zur selben Zeit wurde Carlsson häuslich; er saß daheim bei seiner Frau und las ihr aus der Bibel oder dem Gesangbuch vor, appellierte an ihre edleren Gefühle, ohne eigentlich sagen zu können, was er damit bezweckte. Die Alte freute sich, daß ihr jemand Gesellschaft leistete und mit ihr sprach, und legte großen Wert auf die kleinen Aufmerksamkeiten, ohne darüber nachzudenken, was für einen Zweck diese Vorbereitungen auf den Tod haben könnten.

Eines Winterabends, als die Bucht zugefroren lag und die Wege unfahrbar waren, so daß man schon länger als vierzehn Tage von allem Verkehr abgeschnitten war und weder Zeitungen noch Briefe bekommen konnte – eines Abends, als die Einsamkeit und der Schnee die Gemüter bedrückten und man am Tage nur wenig Arbeit hatte verrichten können, war das Gesinde und auch Gustav in der Küche versammelt. Das Feuer brannte auf dem Herd, und die jungen Leute besserten die Netze aus; die Mägde spannen, und Rundquist schnitzte Spatenstiele. Den ganzen Tag hindurch war Schnee gefallen; er lag bis über die Fensterscheiben, so daß es in der Küche wie in einer Leichenstube aussah, und jede Stunde mußte einer der Knechte hinaus, um den Schnee von der Tür wegzuschaufeln, damit man nicht einschneite und von den Ställen abgeschnitten würde, wo das Vieh gemolken und zur Nacht gefüttert werden mußte.

Jetzt war die Reihe des Schneeschaufelns an Gustav. In der Öljacke und dem Südwester begab er sich hinaus. Er stieß die Außentür auf, gegen die sich die Schneewehen gelegt hatten, und stand bald draußen auf dem Hof im Unwetter. Die Luft war von den Schneeflocken verdunkelt, die grau wie Motten und groß wie Hühnerfedern waren und, unaufhaltsam herabschwebend, sich leise aufeinander legten, erst leicht, dann schwerer und schwerer sich zusammenballend und von Minute zu Minute wachsend. Der Schnee reichte schon hoch an der Mauer des Hauses hinauf, und durch die obersten Scheiben der Fenster schimmerte das Licht von innen heraus. Gustav sah den Schein aus dem Zimmer, in dem, wie er wußte, die Mutter und Carlsson sich aufhielten. Eine plötzliche Neugierde überkam ihn, den Schnee ein wenig zu beseitigen und sich ein Guckloch zu bilden, und nachdem er auf die Schneeschanze geklettert war, konnte er zum Fenster hineinlugen. Carlsson saß wie gewöhnlich vor der Klappe des Sekretärs und hatte ein großes Stück Papier vor sich, das oben mit einem Stempel versehen war, der wie bei einem Reichsbankschein aussah; er schien mit der Frau zu sprechen, die neben ihm stand, und war im Begriff, ihr die Feder hinzureichen, die er in der Hand hielt, damit sie etwas unterschriebe. Gustav legte das Ohr an die Fensterscheibe; aber das doppelte Fenster verhinderte ihn, etwas anderes als ein undeutliches Murmeln zu hören. Er hätte doch gar zu gern gewußt, was da vorging; denn er hatte eine Ahnung, daß es ihn anging, und er war fest überzeugt, daß es wichtige Sachen waren, da das Papier einen Stempel trug.

Leise öffnete er die Dielentür, zog die Schuhe aus und kroch die Treppe hinan, bis er an den Boden gelangte. Hier legte er sich auf den Bauch, und das Ohr an den Boden pressend, konnte er hören, was in der Stube der Mutter verhandelt wurde.

»Anna Eva«, sagte Carlsson in einem Tone, der an den Kolporteur und den Gemeinderat erinnerte, »das Leben ist kurz, und der Tod kann über uns hereinbrechen, ehe wirs uns versehen. Wir müssen deshalb auf unsern Heimgang vorbereitet sein, mag derselbe nun heute oder morgen eintreten, das ist einerlei! Schreibe deswegen nur gleich jetzt!«

Die Alte mochte nicht gern so viel vom Tod hören; aber Carlsson hatte nun seit Monaten von nichts anderm gesprochen, weshalb sie nur einen schwachen Widerstand zeigte.

»Ja, Carlsson, aber es ist mir nicht einerlei, ob ich heute oder in zehn Jahren sterbe, und ich kann noch lange leben.«

»Ja, Herrgott! Ich habe doch nicht gesagt, daß du sterben mußt, ich habe ja nur gesagt, daß wir sterben können, und ob das heute oder morgen geschieht, das bleibt sich einerlei, denn einmal geschieht es doch! Schreibe nur!«

»Ja, aber das verstehe ich nicht«, widersprach die Alte, als wäre der Tod schon im Begriff, sie zu holen – »es kann doch wohl nicht …«

»Aber es ist ja vollkommen einerlei, da es ja doch einmal geschehen muß. Vielleicht ist es nicht der Fall! Ich weiß es nicht! Unterschreibe nur für alle Fälle.«

Es war, als schnüre ihr jemand den Hals zu, als Carlsson sagte: »Ich weiß es nicht!« Die Alte konnte sich nicht mehr zurechtfinden und gab nach.

»Was will Er denn eigentlich von mir?« fragte sie ermüdet und mürbe durch das lange Gespräch.

»Anna Eva, du sollst an deine Nachkommen denken, denn das ist die erste Pflicht des Menschen, und deshalb mußt du schreiben …«

Im selben Augenblick öffnete Klara die Küchentür und rief nach Gustav, der sich nicht verraten wollte und deshalb schwieg, obgleich er nun nicht mehr hören konnte, was unten in der Stube vorging.

Klara ging wieder hinein, und Gustav kletterte hinab, blieb unten vor der Stubentür stehen und hörte Carlssons letzte entscheidende Worte, die ihn vermuten ließen, daß das Schreiben jetzt vorbei war und daß man ein Testament aufgesetzt hatte.

Als er nun in die Küche trat, sahen die Leute sofort, daß ihm etwas begegnet sei. Er sprach in verblümten Ausdrücken davon, daß er einen Fuchs fangen wolle, den er habe schreien hören; daß es besser sei, zur See zu gehen, als zu Hause zu sitzen und sich von dem Ungeziefer auffressen zu lassen.

Carlsson dagegen war beim Abendbrot äußerst menschenfreundlich, ließ sich über Gustavs Arbeitspläne und Jagdaussichten belehren, holte das Stundenglas hervor und ließ den weißen Sand rinnen; dann sagte er: »Die Zeit ist kostbar; laßt uns deshalb essen und trinken, denn morgen sind wir tot!«

Gustav lag in dieser Nacht noch lange wach, und viele dunkle Gedanken und finstere Pläne durchkreuzten seinen Kopf; aber er besaß keine große Seelenstärke, um die Verhältnisse nach seinem Sinn zu verändern: wenn er eine Sache durchdacht hatte, gab er sie als reif auf.

Nachdem er einige Stunden geschlafen und von andern Dingen geträumt hatte, war er wieder ebenso vergnügt wie vorher und ließ alles seinen ruhigen Gang gehen, fest überzeugt, daß mit der Zeit auch der Rat kommen würde, daß die Gerechtigkeit den Sieg davontragen müsse und dergleichen mehr.

Und abermals kam der Frühling ins Land, die Schwalben besserten ihre Nester aus, und der Professor kehrte wieder.

Rings um sein Haus hatte Carlsson im Laufe der Jahre einen Garten angelegt, hatte Flieder angepflanzt und Obstbäume und Buschwerk, wozu er die Ableger aus Pastor Nordströms Garten geholt hatte. Die Wege waren mit Kies bedeckt, und mehrere Lauben waren gebaut.

Infolgedessen fing es an, herrschaftlich auf dem Hofe auszusehen. Und niemand konnte leugnen, daß der Fremdling Bequemlichkeit und Wohlstand ins Land gebracht hatte; er hatte der Wirtschaft auf die Beine geholfen und die Gebäude und Hecken instand gesetzt. Die Preise für die Fische hatte er bei dem Kaufmann in der Stadt in die Höhe getrieben und mit dem Dampfer ein Abkommen getroffen, daß er den Fang mitnahm, wodurch die zeitraubenden Fahrten zur Stadt überflüssig waren.

Jetzt, da er in seinem Eifer nachließ und müde geworden war und nur daran dachte, sein Haus fertigzustellen, war man unzufrieden und klagte.

»Fahrt ihr jetzt nur fort, dann werdet ihr schon sehen, wie angenehm es ist«, antwortete Carlsson. »Ein jeder für sich und Gott für uns alle!«

Und jetzt hatte er sein Haus unter Dach; er hatte es mit gewissem Geschmack gebaut, so daß es die andern Gebäude in Schatten stellte. Im Erdgeschoß befanden sich nur zwei Zimmer und eine Küche, aber es nahm sich doch stattlicher aus, als die alten Häuser auf dem Hofe. Man konnte wohl nicht sagen, woran das lag, aber vielleicht kam es daher, daß er den Dachstuhl höher gemacht hatte und daß der Dachfirst weiter vorsprang, oder auch weil die Dachbretter mit Schnitzwerk versehen waren und weil sich draußen vor der Eingangstür eine Veranda mit einer Treppe befand. Es waren keine kostbaren Sachen, und doch machte es einen villenartigen Eindruck. Das Haus war rot wie eine Kuh, dagegen das Fachwerk schwarz angestrichen und mit Holzverkleidung versehen; die Fensterrahmen waren weiß, und die Veranda – ein leichtes Dach auf vier Pfählen – war blau gemalt. Und dann hatte er es verstanden, die rechte Lage zu wählen: gerade unter den Klippen, und so, daß die beiden alten Eichbäume davor zu stehen kamen, ungefähr als Anfang einer geplanten Allee oder eines Parks.

Und wenn man auf der Veranda saß, hatte man die herrlichste Aussicht: die schilfbewachsene Bucht, die lange grüne Quellwiese und eine Niederung zwischen der Kälberkoppel, so daß man die Boote in weiter Entfernung im Sunde sehen konnte.

Gustav ging umher und schielte dies alles an, wünschte es zum Teufel und betrachtete es wie eine Wespe, die im Begriff war, ihr Nest unter dem Dach aufzuschlagen und die man gerne verjagen möchte, ehe sie ihre Eier gelegt und sich vielleicht für immer mit ihrer Brut festgesetzt hat. Aber Gustav war nicht stark genug, um sie zu entfernen, und deshalb blieb sie sitzen.

Die Alte kränkelte und war der Ansicht, daß es gut genug ging, so wie die Sachen nun einmal lagen; und in der Voraussicht all des Wirrwarrs, der entstehen würde, wenn sie den Weg alles Fleisches ging, sah sie es nicht ungern, daß ihr Mann – denn das war er nun doch einmal

– ein Dach über dem Kopfe hatte und sich nicht wie ein Bettler herumzutreiben brauchte. Sie verstand sich nicht auf Rechtsangelegenheiten, aber sie hatte eine Ahnung, daß mit der Vermögensaufnahme, der Erbteilung und dem Testamente nicht alles in Ordnung sei; es mochte indessen gehen, wie es wollte, wenn sie nur Ruhe hatte, und einmal mußte es ja losbrechen, wenn nicht früher, so doch, sobald Gustav daran dachte, sich zu verheiraten; solche Gedanken konnte ihm wohl jemand in den Kopf gesetzt haben, denn er war ein ganz anderer geworden, er ging umher und grübelte. –

Eines Nachmittags, Ende Mai, stand Carlsson in seiner neuen Küche und mauerte an seinem Feuerherde, als Klara kam und ihm zurief:

»Carlsson! Carlsson! Der Professor ist mit einem deutschen Herrn hier, der mit Ihm sprechen will.«

Carlsson nahm die Lederschürze ab, trocknete seine Hände und machte sich bereit, die Fremden zu empfangen, neugierig, was dieser ungewohnte Besuch zu bedeuten habe.

Als er auf die Veranda hinauskam, traf er den Professor, den ein energisch aussehender Herr mit langem, schwarzem Bart begleitete.

»Direktor Diethoff wünscht mit Carlsson zu sprechen«, sagte der Professor und stellte seinen Begleiter mit einer Handbewegung vor.

Carlsson wischte eine Bank auf der Veranda ab und bat die Herren, Platz zu nehmen.

Der Direktor hatte keine Zeit zum Sitzen, sondern fragte ohne weitere Umschweife, ob der Brutwerder zu verkaufen sei.

Carlsson konnte nicht verstehen, was das bedeuten sollte; denn der Werder war nur drei Tonnen Land groß, bestand aus einem Felsen mit spärlichem Tannenholz und warf bloß eine höchst dürftige Schafweide ab.

»Ja, der Werder soll zu einer industriellen Anlage benutzt werden«, erklärte der Direktor und fragte, was derselbe kosten solle.

Carlsson war zweifelhaft und bat um Bedenkzeit, um herauszufinden, was dem Werder einen so großen Wert verleihen könne. Aber der Direktor beabsichtigte keineswegs, ihm das sofort mitzuteilen; er wiederholte deshalb nur seine Frage, was der Werder koste, und steckte die Hand in die Brusttasche, deren aufgebauschter Zustand andeutete, daß sich hier das reine Wesen befand.

»Ach, so teuer wird der Werder wohl nicht sein«, meinte Carlsson; »aber ich muß erst mit meiner Frau und dem Sohne sprechen.« Und damit ging er ins Haus, blieb eine geraume Zeit aus und kam dann wieder. Aber jetzt sah er bedenklich drein und wollte den Preis nicht gleich nennen.

»Der Herr Direktor müssen selber sagen, wieviel er geben will«, brachte er endlich heraus.

Nein, das wollte der Direktor nicht.

»Na, wenn ich fünf sage, so findet der Herr Direktor wohl nicht, daß es zuviel gefordert ist«, preßte Carlsson schließlich mit klopfendem Herzen und schweißtriefender Stirne hervor.

Direktor Diethoff knöpfte den Rock auf, zog die Brieftasche hervor und zählte zehn Hundertkronenscheine auf.

»Hier ist das erste Tausend als Handgeld, die andern vier kommen zum Herbst nach. Sind Sie damit einverstanden?«

Carlsson war völlig starr; aber er tat seinen Gefühlen Zwang an und antwortete so ruhig wie nur möglich, daß es in der Ordnung sei – obgleich er mit seinen »fünf« nur Hunderte gemeint hatte und jetzt statt dessen Tausende erhielt.

Darauf begaben sich alle zu der Alten und dem Sohn ins Haus, um den Vertrag aufzusetzen und den Empfang zu quittieren. Carlsson zwinkerte mit den Augen und deutete seinen beiden Teilhabern durch Gesichtsverziehungen an, nichts von ihrer Überraschung merken zu lassen, aber diese verstanden natürlich nichts von alledem.

Schließlich, nachdem sie unterschrieben, holte die Alte ihre Brille hervor und las den Vertrag. »Fünftausend!« rief sie. »Gott bewahre, Carlsson sprach ja von fünfhundert!«

»Unsinn! Du mußt falsch gehört haben, Anna Eva! Sagte ich nicht tausend, Gustav?« – hier blinzelte er ihm so deutlich zu, daß der Direktor es bemerkte.

»Ja, ich glaube wirklich, daß er tausend sagte«, meinte Gustav, der es in diesem Falle mit Carlsson hielt.

Die Schreiberei war beendet, und der Direktor erklärte jetzt, daß seine Aktiengesellschaft eine Feldspatgrube auf dem Werder eröffnen wolle.

Niemand wußte, was Feldspat war, und niemand hatte jemals an diesen Schatz gedacht – natürlich mit Ausnahme von Carlsson, der jetzt damit herauskam, daß er sich die Sache auch schon habe durch den Kopf gehen lassen, es habe ihm nur das Betriebskapital gefehlt.

Der Direktor erzählte nun, der Feldspat sei ein rötlicher Stein, der in Porzellanfabriken benutzt werde. In acht Tagen würde die Wohnung des Verwalters, die schon in der Tischlerei bestellt sei, gebaut werden; in vierzehn Tagen sollten die Arbeiterkasernen an Ort und Stelle stehen, und dann sollte die Arbeit mit dreißig Mann in Angriff genommen werden.

Darauf reiste er ab.

Dieser Goldregen war so plötzlich auf die Leute herabgekommen, daß sie kaum Zeit gehabt hatten, alle Folgen desselben zu erwägen. Tausend Kronen bar und viertausend zum Herbst für eine kleine, wertlose Insel, das war zu viel auf einmal. Deshalb saßen sie auch den ganzen Abend in schönster Eintracht beieinander und sannen darüber nach, was sie außerdem möglicherweise noch verdienen könnten. Natürlich würde man Fische und andre Produkte an die vielen Arbeiter verkaufen, und Brennholz, das war ja außer allem Zweifel; und dann kam der Direktor vielleicht mit seiner Familie heraus, um dort den Sommer über zu wohnen; den Professor mußte man natürlich auch heraufschrauben, und Carlsson konnte sein Haus vermieten – kurz, es würde sicher alles gut werden.

Carlsson legte das Geld selbst in den Sekretär und saß noch bis tief in die Nacht hinein da, um zu rechnen.

In der folgenden Woche war Carlsson oft auf Dalarö, kam mit Tischlern und Malern zurück und veranstaltete kleine Festlichkeiten auf seiner Veranda, wo er einen Tisch hingestellt hatte, an dem er saß, Kognak trank und die Arbeit beaufsichtigte, die jetzt mit rasender Eile vorschritt.

Bald waren alle Zimmer mit Tapeten bekleidet, ja sogar die Küche, wo auch ein stattlicher Herd aufgestellt war. Die Fenster wurden mit grünen Läden versehen, die man schon in der Ferne schimmern sah; die Veranda wurde noch einmal übermalt, und zwar weiß und rosa; auch erhielt sie nach der Sonnenseite zu einen blau- und weißgestreiften leinenen Rollvorhang, und rings um den Garten und den Hofplatz zog sich ein grau gestrichenes Gitter mit weißen Knöpfen. Die Leute standen stundenlang da und starrten die Herrlichkeit an; Gustav aber hielt sich meistens in einiger Entfernung hinter einer Ecke oder einem Busch und nahm selten oder niemals Carlssons Einladungen auf seine Veranda an.

Einer von Carlssons Träumen, den er in recht hellen Nächten geträumt hatte, war der, wie der Professor auf einer Veranda zu sitzen, nachlässig hintenübergelehnt, an einem Glase Kognak nippend, die Gegend zu betrachten und eine Pfeife zu rauchen – lieber noch eine Zigarre, aber das überstieg vorläufig seine Mittel.

Und acht Tage später saß er dort und hörte einen Dampfer draußen im Sund bei dem Werder pfeifen.

Jetzt kommen sie, dachte er, und als Grundbesitzer wollte er doch zeigen, daß er genug Lebensart besaß, um sie gebührend zu empfangen.

Deshalb ging er ins Haus, um sich umzukleiden, und ließ Rundquist und Norman rufen, damit sie ihn nach dem Werder begleiteten und die fremden Herren begrüßten.

Eine halbe Stunde später verließ die Jolle den Hafen, und Carlsson saß am Steuer. Die Knechte wurden von Zeit zu Zeit ermahnt, im Takt zu rudern, damit man auch den Eindruck von vernünftigen Menschen mache.

Als sie um die letzte Landzunge gebogen waren und der Sund offen vor ihnen lag, auf der einen Seite von der großen Insel, auf der andern vom Werder begrenzt, da wurden sie eines prächtigen Schauspiels ansichtig. Im Sunde lag ein flaggengeschmückter Dampfer vor Anker, und zwischen dem Schiff und dem Lande erblickte man kleine Jollen mit Matrosen in blauen und weißen Blusen. Oben am Strande, wo der bloßgelegte Feldspat in rosenroten Farben schimmerte, stand eine Gruppe von Herren und eine Strecke davon ein Musikkorps, dessen blitzende Messinginstrumente sich prächtig von den grünen Tannen abhoben.

Unsere Ruderer aus Hemsö grübelten darüber nach, was man dort oben eigentlich vorhabe; dann ruderten sie so hart wie nur möglich an die Klippen heran, um besser sehen und hören zu können. Als sie aber in die Nähe des Sammelplatzes gekommen waren, erfüllte plötzlich ein Brausen die Luft, als seien zwölfhundert Eidergänse auf einmal aufgeflogen, und dann folgte ein Dröhnen, das aus dem Innern des Berges zu kommen schien, und schließlich ein Krachen, als berste die ganze Insel auseinander.

»Zum Teufel auch!« war alles, was Carlsson herausbringen konnte; denn im nächsten Augenblick entlud sich ein Steinregen rings um das Boot, dem ein Kiesregen und schließlich ein Hagelschauer von kleinen Steinen folgte.

Und dann erklang eine Stimme vom Berge her; der Redner sprach von der akkumulierten Arbeit der Großindustrie und redete allerlei Ausländisches, von dem die Hemsöer kein Wort verstanden.

Rundquist glaubte, daß es eine Predigt sei, und nahm ehrfurchtsvoll die Mütze ab, aber Carlsson fand doch heraus, daß der Direktor redete.

»Ja, meine Herren«, schloß der Direktor, »wir haben hier viele Steine vor uns; ich will meine Rede mit dem Wunsche schließen, daß sie alle zu Brot werden mögen!«

»Bravo!«

Und dann spielte die Musik einen Marsch, und die Herren zogen an das Ufer hinab, jeder mit einem Stein in der Hand, den sie unter Lärm und Gelächter hin und her bewegten.

»Was macht ihr da mit dem Boot?« rief ein Herr in der Uniform eines Marineoffiziers den Hemsöern zu, die sich auf ihre Ruder gestützt hatten.

Sie wußten aber nicht, was sie darauf antworten sollten. Sie meinten, daß es nicht schaden könne, wenn sie sich die Feierlichkeit ein wenig mit ansähen.

»Hm! Das ist ja Carlsson, der Besitzer der Insel!« erklärte Direktor Diethoff, der nun herzukam. »Das ist unser Wirt hier draußen«, fügte er noch hinzu. »Kommt und frühstückt mit uns.«

Carlsson wollte seinen eigenen Ohren nicht trauen, überzeugte sich aber bald, daß die Einladung ernsthaft gemeint war, und gleich darauf saß er auf dem Hinterdeck des Dampfers an einem so reichbesetzten Tische, wie er nie Ähnliches gesehen. Er hatte zuerst Umstände gemacht, aber die Herren waren so außerordentlich herablassend, daß sie ihm nicht einmal erlauben wollten, seine Lederschürze abzunehmen. Rundquist und Norman wurden auf dem Vorderdeck zusammen mit der Mannschaft bewirtet.

Carlsson hatte sich das Paradies nicht herrlicher vorgestellt. Da waren Speisen, deren Namen er nicht kannte und die ihm wie Honig im Munde schmolzen; da waren Speisen, die wie das höllische Feuer im Halse kratzten; da waren Speisen in allen denkbaren Farben, und vor jedem Platze standen sechs Gläser. Und nun gar diese Weine! Es war, als röche er an einer Blume, als küsse er ein Mädchen; da waren Weine, die in die Nase stiegen, Weine, die in den Beinen kitzelten und einen lachen machten. Und zu alledem spielte die Musik so munter, daß man ein Gefühl hatte, als müsse man meinen, es laufe ein kalter Schauer den Rücken hinunter; zuweilen aber ging einem eine so angenehme Empfindung durch den ganzen Körper, daß man sich gern hätte hinlegen und gleich sterben mögen.

Und als das alles vorbei war, brachte der Direktor die Gesundheit des früheren Besitzers aus, lobte ihn, weil er seinem Stande Ehre mache und den ererbten Gewerbszweig nicht gegen einen unsicheren Gewinn auf andern Gebieten vertausche, wo die Not mit dem Luxus Arm in Arm ginge. Dann stießen sie mit ihm an. Carlsson wußte nicht, wann er lachen und wann er ernsthaft dreinsehen mußte; aber er sah die Herren lachen, wenn seiner Ansicht nach etwas sehr Ernsthaftes gesagt wurde, und dann lachte er auch.

Nach dem Frühstück sollten Kaffee und Zigarren gereicht werden, weshalb man vom Tisch aufstand; Carlsson begab sich, veredelt durch das Glück, auf das Vorderdeck, um zu sehen, ob die Knechte etwas zu essen bekommen hatten. Im selben Augenblick rief ihn der Direktor zurück und bat ihn, einen Moment in die Kajüte zu kommen.

Dort angelangt, machte ihm Herr Diethoff den Vorschlag, einige Aktien zu nehmen, um seine Stellung zu befestigen und den Arbeitern gegenüber mit größerer Bestimmtheit auftreten zu können.

»Ja, darauf verstehe ich mich nicht so recht«, meinte Carlsson, der genug vom Geschäftswesen kannte, um zu wissen, daß man sich auf keinen Handel einlassen dürfe, wenn man etwas im Kopfe habe.

Aber der Direktor ließ ihn nicht los, und nach Verlauf einer halben Stunde war Carlsson glücklicher Besitzer von vierzig Aktien der Feldspat-Aktien-Gesellschaft »Eggle«, – zu hundert Kronen das Stück – auch war ihm das ausdrückliche Versprechen gemacht worden, Revisorsuppleant zu werden – Carlsson hatte sich das Wort aufschreiben lassen. Von Einzahlungen war noch keine Rede, diese sollten »*peu à peu*« und »*à conto*« gemacht werden.

Dann wurden Kaffee und Kognak getrunken, und Punsch und Sodawasser, so daß die Uhr sechs ward, ehe Carlsson das Schiff verließ.

Als er ins Boot stieg, drückte er allen Matrosen die Hand und bat sie, wenn sie an Land kämen, bei ihm vorzusprechen. Und dann ließ er sich mit seinen vierzig Aktienbriefen und den dazugehörigen Kupons nach Hause rudern; er saß am Steuer, eine Regalia im Munde und einen Korb mit Punsch zwischen den Knien.

Als er nach Hause kam, befand er sich in einem Taumel von Glückseligkeit; er lud das ganze Haus, von der Stube bis zur Küche, zum Punsch ein, zeigte die Aktien vor, die wie riesige Reichsbanknoten aussahen, und wollte auch den Professor herüberholen. Auf die Einwendungen der andern antwortete er, daß er Revisorsuppleant sei, was ebensoviel zu bedeuten habe wie ein deutscher Musikant, der kein studierter Mann und deswegen auch kein richtiger Professor wäre. Er hatte riesenhafte Pläne, wollte eine Heringssalzkompanie für die ganze Umgegend gründen, wollte Böttcher aus England verschreiben und Schiffe mit Salz direkt von Spanien befrachten. Im selben Augenblicke redete er von dem ererbten Gewerbszweige, von dessen Repräsentanten und dessen Zukunft, gab seinen Besorgnissen und seinen Hoffnungen Ausdruck. Man trank seinen Punsch, hüllte sich in Tabaksrauch und baute angenehme Luftschlösser über die goldene Zukunft der Bewohner voll Hemsö. –

Carlsson war nun in den hohen Regionen angelangt und dies stieg ihm zu Kopf. Die Landwirtschaft wurde vernachlässigt und täglich ein Besuch auf dem Werder abgestattet. Er machte die Bekanntschaft des Verwalters, saß auf seiner Veranda und trank Kognak und Selterwasser, während die Arbeiter die gesprengten Steine zerschlugen, um sie von den Quarzadern zu befreien, die das hauptsächliche Hindernis bildeten. Der Verwalter, ein früherer Grubenaufseher, war klug genug, um einzusehen, daß es von Vorteil für ihn sei, wenn er sich mit dem Aktienbesitzer und Revisorsuppleanten gut stand; auch verstand er genug von der Sache, um zu wissen, wie lange das Geschäft noch gehen konnte.

Aber der Grubenbetrieb hatte gleichzeitig einen gewissen Einfluß auf das physische und moralische Wohlbefinden der Hemsöer, und die Anwesenheit von dreißig unverheirateten Arbeitern zeigte schon ihre Folgen.

Mit der Stille war es vorbei. Vom Berge her erklangen die Schüsse den ganzen Tag hindurch; Dampfschiffe läuteten und pfiffen im Sunde; Segelschiffe kamen an, landeten und warfen massenhaft Seeleute an Land. Am Abend kamen die Arbeiter auf den Hof, trieben sich beim Brunnen herum und schäkerten mit den Mädchen, veranstalteten Tanzvergnügungen, tranken mit den Knechten und prügelten einander. Die Leute durchschwärmten die Nächte und waren infolgedessen am Tage unfähig zu arbeiten. Sie schliefen draußen auf der Wiese und drinnen am Feuerherd. Und zuweilen kam der Verwalter zu Besuch. Dann wurde der Kaffeekessel aufgesetzt, und weil man einem so feinen Herrn keinen Branntwein vorsetzen konnte, mußte man Kognak bereit halten. Auf der andern Seite verkaufte man aber Fische und Butter an die Arbeiter, und das Geld strömte reichlich ein, so daß man flott leben konnte, und es kam häufiger Fleisch auf den Tisch als früher.

Carlsson fing an stark zu werden und ging den ganzen Tag in einem halben Rausch umher, ohne sich doch jemals zu übernehmen; der Sommer verging ihm wie ein einziges Fest, während er seine Zeit zwischen kommunalen Ämtern, Grubenbetrieb und Naturverschönerungen der nächsten Umgebung teilte.

Im Herbst war er acht Tage lang auf Brandbesichtigung gewesen und kam eines Morgens in der Frühe nach Hause. Da wurde er von seiner Frau mit der unerwarteten Nachricht empfangen, daß auf dem Werder irgend etwas vorgefallen sein müsse. Seit vier Tagen war da draußen nämlich alles still gewesen; nicht ein einziger Schuß ließ sich vernehmen, auch keine Dampferpfeife erklang mehr. Die Hemsöer waren beim Dreschen gewesen, weshalb niemand Zeit gehabt hatte, die Grube zu besuchen. Auch der Verwalter hatte sich nicht sehen lassen, und keiner von den Arbeitern hatte sich am Abend auf der Insel eingestellt. Es mußte sich also irgend etwas ereignet haben. Um sich Gewißheit zu verschaffen, ließ Carlsson vorspannen, wie er es nannte, wenn er sich nach der Grube rudern ließ. Die Jolle hatte er weiß mit blauem Rand anstreichen lassen; und um ihr ein herrschaftlicheres Aussehen zu geben, wenn er am Steuer saß, hatte er an das Steuerruder eine alte Gardinenschnur gebunden, so daß er aufrecht sitzen und steuern konnte. Auch hatte er Rundquist und Norman im Rudern unterrichtet, so daß es jetzt ganz stattlich aussah, wenn er angefahren kam.

Die Überfahrt ging rasch vonstatten, denn Neugier und Angst spornten die Ruderer an; und als man in die Nähe des Werders gelangte, erschrak man über die traurige Öde, die dort herrschte.

Über der ganzen Insel lagerte Grabesstille, und kein Mensch war zu erblicken. Sie stiegen an Land und kletterten zwischen dem Geröll zur Grube hinauf. Die Wohnung des Verwalters war verschwunden, von Werkzeug und Gerätschaften keine Spur; nur die Kaserne, wie das Schauer der Arbeiter genannt wurde, stand noch da, leer und verwüstet, denn alles Lose war natürlich mitgenommen: Türen, Fenster, Bänke, Boote.

»Ich glaube fast, sie haben eingepackt«, bemerkte Rundquist.

»Es sieht so aus«, sagte Carlsson und ließ abermals vorspannen, diesmal, um nach Dalarö zu rudern, wo auf der Post ein Brief für ihn liegen mußte.

Und wirklich! Dort lag ein großer Brief vom Direktor, der die Auflösung der Gesellschaft mitteilte, weil sich das Rohmaterial als unbrauchbar erwiesen hatte. Und da Carlssons Forderung auf viertausend Kronen genau gegen die vierzig Aktien aufging, die er gezeichnet hatte, die aber nicht bezahlt waren, so bestehe von nun an kein geschäftliches Verhältnis zwischen der Aktiengesellschaft und besagtem Carlsson und Konsorten mehr.

So, um viertausend Kronen betrogen! dachte Carlsson. Nun, man darf nicht klagen.

Obgleich Carlsson aus dem Innern des Landes war, hatte er die Natur des Seevogels: er schüttelte sich nach dem Sturzbad und war gleich wieder trocken; und noch trockener fühlte er sich, als er in einer Nachschrift las, daß alle Hinterlassenschaften den Hemsöern gehörten, wenn sie dieselben fortschaffen wollten.

Carlsson war aber doch ein wenig niedergeschlagen, als er, seines Geldes und seines ehrenvollen Titels beraubt, nach Hause kam.

Gustav wollte ihm noch Wermut in den Becher gießen und die Sache verschärfen, aber Carlsson wehrte alles mit einer Handbewegung ab:

»Ach, das Ganze ist gar nicht der Rede wert! Es nützt nichts, noch länger darüber nachzudenken!«

Aber am nächsten Tage war er in voller Tätigkeit mit drei Mann und dem großen Prahm, um die Bretter und Ziegelsteine vom Werder zu holen; und ehe man sichs versah, hatte er sich eine Sommerwohnung mit einem Zimmer und einer Küche unten am Sund an einer Stelle gebaut, an die nie jemand zuvor gedacht hatte, von wo aus man aber eine Aussicht auf die Stadt und den Fjord hatte.

Der Sommer war vorüber mit seinen lustigen Träumen; der Winter war im Anmarsch, die Luft wurde schwerer, die Träume dunkler, und die Wirklichkeit nahm ein neues Gepräge an, leichter für manche, drohender für andere.

Siebentes Kapitel

Traum und Wirklichkeit; das Pult wird bewacht, aber der Sensenmann kommt und macht einen Strich durch das Ganze

Carlssons Ehe war, obwohl kurz, keine durchaus glückliche. Die Frau war bejahrt, wenn auch nicht unangenehm, und Carlsson war noch jung genug, um den Augen eines hübschen jungen Mädchens das vollste

Verständnis entgegenzubringen. Bis zu seinem kürzlich zurückgelegten achtunddreißigsten Jahre hatte er sich fast ausschließlich für seinen Lebensunterhalt und sein Fortkommen geplagt. Jetzt, wo er sein Ziel erreicht, wo er Aussicht auf ein ruhiges Alter hatte, war in seiner Brust der Wunsch seiner früheren Jahre wieder reger geworden, von einem Mädchen, das hübsch und jung wäre, geliebt zu werden. Und so war sein Auge denn auf Klara gefallen, zu der nach und nach, ohne daß er sich dessen deutlich bewußt war, in seinem Herzen eine stille und tiefe Neigung heranreifte.

Schließlich saß das Bild des Mädchens in seinem Auge fest, und wo er ging und stand, sah er sie. Es war aber eine andere da, die auch sah; aber sie sah nicht Klara an, sondern die Augen, welche ihr folgten, und je mehr sie hinsah, desto mehr glaubte sie zu sehen, bis die Augen schmerzten und feucht wurden.

Es war kurz vor Weihnachten. Die Dunkelheit war bereits hereingebrochen, aber der Mond stand am Himmel und beleuchtete die schneebedeckten Tannen, die blanke Bucht, die weißen Felder. Ein rauher Nordwind fegte den trocknen Schnee zusammen, doch drinnen in der Küche stand Klara und heizte den Backofen, während Lotte am Backtrog arbeitete.

Carlsson saß in der Ecke, rauchte seine Pfeife und empfand ein Behagen wie eine Katze in der Wärme. Seine Augen waren auf der Wanderschaft begriffen, sie wärmten und ergötzten sich, wenn sie auf Klaras weißen Armen ruhten, die aus dem Leinen hervorlugten.

»Willst du melken, ehe wir ausfegen?« fragte Lotte.

»Freilich will ich das«, antwortete Klara und zog ihren Rock aus Schaffellen über, nachdem sie den Feuerhaken und die Feuerzange beiseite gelegt hatte. Dann zündete sie die Stallaterne an und ging hinaus.

Nachdem sie gegangen, stand Carlsson auf und ging gleichfalls hinaus. Gleich darauf kam die Alte aus dem Zimmer und fragte nach Carlsson.

»Er ging mit Klara in den Kuhstall«, antwortete Lotte.

Ohne weiteren Bescheid abzuwarten, nahm die Alte eine Laterne und ging auch hinaus.

Es wehte draußen scharf, aber sie wollte nicht umkehren, da sie sich Gewißheit zu verschaffen gedachte und der Stall nur einen Steinwurf entfernt lag. Auf dem Hofe war es glatt, und der Schnee stäubte in seinen Flocken wie Mehl herab; sie kam indes ziemlich schnell an die Wirtschaftsgebäude und begab sich gleich in den Kuhstall, wo es warm war.

Sie horchte und hörte, daß im Schafgang jemand flüsterte. In dem schwachen Mondlicht, das durch die Spinnengewebe und den Staub auf den Fensterscheiben fiel, sah sie, wie die Kühe die Köpfe mit den großen, im Dunkeln unheimlich grünen Augen nach ihr umwendeten; der Melkschemel stand da und auch der Eimer. Aber das wollte sie nicht sehen, es war etwas anderes, was sie um alles in der Welt sehen wollte, etwas, das sie gleich einer Hinrichtung anzog und dessen Anblick sie das Leben kosten mußte.

So ging sie endlich über die Strohhaufen durch den Kuhstall und gelangte in den Schafgang. Hier war es dunkel und still. Die Laterne stand dort verlöscht, aber das Talglicht qualmte noch. Die Schafe blökten und raschelten mit den trockenen Reisigbündeln. Nein, das wollte sie nicht sehen. Dann ging sie weiter und kam zu den Hühnern, die auf die Stiege gekrochen waren, wo sie leise glucksten, als seien sie ganz kürzlich aus ihrem Schlaf geweckt worden.

Die Außentür stand offen, und sie kam wieder ins Mondlicht hinaus. Zwei Paar Schuhe, ein größeres und ein kleineres, hatten ihre Spuren in dem Schnee hinterlassen. Sie zeichneten sich bläulich im Schatten ab und führten zu einer Zauntür, die aus den Hängen gehoben war. Sie folgte hinterdrein, als habe sie jemand ins Schlepptau genommen, und die Spuren lagen über dem Felde gleich einer Kette, an der sie befestigt war und an der von einer unsichtbaren Stelle her in der Koppel gezerrt wurde.

Und es zog und zerrte sie an denselben Ort, vorbei an demselben Hügel, unter dieselben Haselbüsche, wo sie schon einmal eine so entsetzliche Abendstunde erlebt hatte, die zu vergessen sie stets bemüht gewesen. Jetzt standen die Haselbüsche kahl da, und das braune, harte Laub der Eichen raschelte im Winde, aber es war jetzt so dünn, daß man die Sterne und den grünschwarzen Himmel dadurch sehen konnte.

Und immer weiter führte die Kette, sie schlängelte sich unter den Tannen dahin, die ihren Schnee auf ihr dünnes graues Haar herabrieseln ließen, sobald sie an ihre Zweige stieß; und auf ihre gestreifte Kleidertaille fiel der Schnee und stäubte naß und kalt auf ihren Hals und ihren Rücken.

Und immer weiter gings in den Wald hinein, wo der Auerhahn von seinem Nachtlager aufflog und sie erschreckte, hinweg über Sümpfe, wo der Boden unter ihr schwankte, über Hecken, die krachten, wenn sie darüber hinwegkletterte.

Paarweise gingen die Spuren, die eine groß, die andre klein, nebeneinander, zuweilen gleichsam ineinander verschlungen, hinweg über Stoppelfelder, wo der Schnee fortgeweht war, über Steinhaufen und Gräben, Zäune und Windbrüche.

Sie wußte nicht, wie lange sie gegangen war, aber ihr Kopf fror und ihre Hände waren erstarrt. Rot und mager wie sie waren, barg sie sie unter dem Kleide und taute sie von Zeit zu Zeit mit ihrem Atem auf. Sie wollte umkehren, aber jetzt war es zu spät. Es war bis nach Hause ebenso weit für sie, wenn sie zurückging, als wenn sie geradeaus ging. Sie schritt deshalb weiter unter einer Gruppe Espen, deren hängengebliebenes Laub zitterte und bebte, als fröre es in dem kalten Nordwind; und dann gelangte sie an einen Übergang über den Zaun. Das Mondlicht fiel klar und scharf auf diese Stelle, so daß sie deutliche Spuren erkennen konnte. Hier hatten sie gesessen, Sie fand den Abdruck von Klaras Pelzrock mit dem verbrämten Rand. Hier also war es! Hier! Ihre Knie zitterten. Bald fror sie, als sei ihr Blut zu Eis geworden, bald glühte sie, als wären ihre Adern mit kochendem Wasser gefüllt. Und dann setzte sie sich ermattet nieder, weinte und schrie, wurde aber plötzlich still, erhob sich wieder und stieg über den Zaun. Auf der andern Seite lag die Bucht so blank und schwarz, und gerade gegenüber sah sie die Lichter vom Hause her schimmern und ein einzelnes Licht aus dem Stall. Der Wind wehte scharf und fuhr ihr durch Mark und Bein, zauste in ihrem Haar und bildete Eis in ihren Nasenlöchern. Halb laufend gelangte sie auf das Eis hinab, glitt auf der schwankenden Fläche aus, hörte das knisternde Schilf um ihre Ohren sausen und unter ihren Füßen knirschen; dann fiel sie kopfüber in eine zugefrorene Wake, stand wieder auf und lief weiter, als wenn der Tod hinter ihr her wäre und ihr den Rücken versenge, und so erreichte sie das jenseitige Ufer und ging durch das Eis, das sich infolge des fallenden Wasserstandes wie Glasscheiben über den Schlamm gelegt hatte und krachend und klirrend unter ihrer Last zusammenbrach. Sie fühlte die Kälte an den Beinen in die Höhe steigen, aber sie wagte nicht zu schreien, aus Furcht, daß jemand kommen könne, um sie zu fragen, wo sie gewesen. Hustend, daß die Brust zu zerspringen drohte, schleppte sie sich weiter, schlich den Hügel hinan, ging über den Hof in die Stube und legte sich sofort nieder; Lotte hieß sie Feuer anmachen und Fliedertee aufsetzen und blieb so eine Zeitlang liegen. Erst dann ließ sie sich von dem Mädchen entkleiden und in Decken aus Schaffellen wickeln, fror aber trotz des hellen Feuers unaufhörlich. Endlich ließ sie Gustav zu sich rufen, der draußen in der Küche saß.

»Bist du krank, Mutter?« fragte er in seiner gewöhnlichen ruhigen Weise.

»Diesmal ist es Ernst«, antwortete die Alte stöhnend, »dies überlebe ich niemals. Schließe die Tür ab, Gustav, und öffne den Sekretär. Der Schlüssel liegt hinter dem Pulverhorn auf dem Wandbrett; du weißt es wohl?«

Gustav gehorchte niedergeschlagen.

»Öffne jetzt die Klappe«, ziehe die dritte Schieblade zur linken Hand heraus und nimm den großen Brief – –. Ja, das ist er. – Wirf ihn ins Feuer.«

Gustav gehorchte, und bald flammte das Papier hell auf, sich krümmend und verkohlend.

»Ist die Tür geschlossen, mein Junge? Nun, dann schließe den Sekretär wieder ab und nimm den Schlüssel an dich! Setze dich hierher und höre, was ich dir sagen will, denn morgen kann ich nicht mehr sprechen.«

Gustav setzte sich und weinte leise, denn jetzt ward es ihm klar, daß es wirklich Ernst war.

»Wenn ich meine Augen geschlossen habe, so nimmst du das Petschaft deines Vaters, das du ja selber hast, und legst ein Siegel vor alle Schlüssellöcher, bis die Gerichts-Personen hier gewesen sind.«

»Und Carlsson?« fragte der Sohn zögernd.

»Er wird aufs Altenteil gesetzt, das kann ihm wohl niemand nehmen, aber er bekommt keinen Deut mehr, und wenn du ihn auskaufen kannst, so tue es! Gott sei mit dir, Gustav. Du hättest wohl zur Hochzeit kommen können, aber du wirst deine Gründe gehabt haben. Und siehst du, wenn ich nun von dannen gehe, so mußt du vernünftig sein. Keinen Sarg mit silberner Matte! Kaufe nur so einen gelben, wie man ihn in Stockholm beim Tischler fertig bekommt; und lade nicht viel Leute ein, aber Glockengeläute will ich gern haben; und wenn der Prediger ein paar Worte sagen will, so soll es mir recht sein. Du kannst ihm den Meerschaumkopf deines Vaters mit dem Silberbeschlag geben und der Frau Pastor ein halbes Schaf. Und nachher, Gustav, mußt du sehen, daß du dich verheiratest; nimm ein Mädchen, das dir gefällt, und sei ihr treu, aber nimm eine von deinem eigenen Stande, und wenn sie Geld hat, so ist das ja auch kein Schaden; denn vor denen, die unter dir stehen, sollst du dich in acht nehmen, die fressen dich nur auf wie Ungeziefer, und gleich und gleich gesellt sich gern. Wenn du mir nun ein wenig vorlesen wolltest, möchte ich wohl versuchen zu schlafen.«

Kurz nachdem die Tür wieder geöffnet war, schlich Carlsson herein, demütig, aber doch gefaßt.

»Bist du krank, Anna Eva?« fragte er, »dann wollen wir sogleich zum Doktor schicken.«

»Das ist nicht nötig«, antwortete die Alte und wendete sich der Wand zu.

Carlsson ahnte den Zusammenhang und wollte das Geschehene wieder gutmachen.

»Bist du mir böse, Anna Eva? Ach was, das ist kein Grund zum Erzürnen, so eine Kleinigkeit. Soll ich dir etwas aus der Bibel vorlesen?«

»Es ist nicht nötig.« Das war alles, was die Alte antwortete.

Carlsson, der einsah, daß hier nichts mehr zu tun war, und der seine Zeit nicht mit unnützer Arbeit vergeuden wollte, setzte sich auf die Bank, um die Sache abzuwarten. Da die Papiere in Ordnung waren und die Alte weder Kraft noch Lust zum Reden hatte, so verharrte auch er im Schweigen. Was das Verhältnis zwischen ihm und Gustav anbetraf, so konnte das ja immerhin später geordnet werden. Einen Arzt zu holen, fiel niemandem ein, hier auf Hemsö war es Sitte, eines natürlichen Todes zu sterben; auch war alle Verbindung mit dem Festland unterbrochen.

Zwei Tage und zwei Nächte bewachten die beiden Männer die Kammer und einander; wenn der eine auf einem Stuhl oder auf dem Sofa einschlief, schloß der andre ebenfalls ein Auge. Sobald sich aber der eine rührte, fuhr auch der andre in die Höhe.

Am Morgen des heiligen Abends war Madame Carlsson tot.

Gustav hatte ein Gefühl, als sei er erst jetzt vom Mutterleibe losgelöst und ein selbständiger Mann geworden. Nachdem er ihr die Augen geschlossen und das Gesangbuch unters Kinn gesteckt hatte, damit der Mund nicht offen bleibe, zündete er in Carlssons Gegenwart ein Licht an, holte Siegellack und Petschaft und versiegelte den Sekretär.

Jetzt erwachten die Leidenschaften, Carlsson ging hin und stellte sich mit dem Rücken vor den Sekretär.

»Halt, stopp! – Was machst du da, mein Junge!«

»Ich bin kein Junge mehr«, antwortete Gustav; »ich bin Bauer auf Hemsö, und du bist Altenteiler.«

»Oho, das wollen wir doch erst einmal sehen!« meinte Carlsson.

Gustav nahm die Büchse von der Wand herab, spannte den Hahn, so daß das Zündhütchen sichtbar wurde, schlug auf den Kolben, indem er brüllte:

»Hinaus mit dir, oder ich nehm dich aufs Korn!«

»Willst du mir drohen?«

»Ja, denn ich habe keine Zeugen«, antwortete Gustav, der anscheinend in letzter Zeit Umgang mit Gesetzeskundigen gehabt hatte.

Das war deutlicher Bescheid, und Carlsson verstand ihn auch.

»Warte du nur, bis es an die Erbteilung geht«, sagte er und ging in die Küche hinaus.

Der Weihnachtsabend verlief trübe. Eine Leiche im Hause und keine Möglichkeit, den Sarg oder das Totenhemd kommen zu lassen; denn der Schnee fiel unaufhörlich, so daß Fjord und Strom weder brechen noch tragen konnten. Das Boot in die See zu schieben, war unmöglich; denn das Wasser war eine vollständige Eisgrütze, man konnte weder rudern, noch fahren, noch daraufgehen.

Gustav tat, als ob Carlsson nicht existiere, und Carlsson machte es ebenso; sie saßen zusammen bei Tische, ohne ein Wort auszutauschen. Das Haus war in Unordnung; niemand ordnete die Arbeit an. Jeder verließ sich darauf, daß der andre es tue, und auf diese Weise blieb alles ungetan.

Der Weihnachtstag brach herein, grau, neblig und mit Schneegestöber. In die Kirche konnte man ebensowenig wie anderswohin, deshalb las Carlsson eine Predigt in der Küche vor. Niemand konnte das Gefühl überwinden, daß man eine Leiche im Hause habe, und deshalb wurde auch nichts aus der Weihnachtsfreude. Das Essen war äußerst nachlässig zubereitet, nichts war zur rechten Zeit fertig, und alle waren verstimmt. Es lag etwas Klangloses in der Luft, sowohl draußen wie drinnen, und da die Leiche in der Stube lag, hielten sich alle in der Küche auf. Man wußte nicht, was man tun sollte, um die Zeit totzuschlagen; wenn man nicht aß oder trank, so schlief man, der eine auf dem Sofa, der andere auf dem Bett, die Karten oder die Harmonika anzurühren, fiel niemandem ein.

Der zweite Weihnachtstag kam und verging ebenso langsam, ebenso langweilig; aber nun verlor Flod die Geduld. Da er einsah, daß fernerer Aufschub Anlaß zu Unannehmlichkeiten geben konnte, indem die Leiche schon anfing in Verwesung überzugehen, so nahm er Rundquist mit sich hinaus in das Holzschauer und zimmerte einen Sarg zusammen, der dann gelb angestrichen wurde. Die Leiche kleidete man mit dem ein, was man gerade finden konnte, und legte sie in den Sarg.

So kam der fünfte Tag heran. Weil aber das Wetter keine Aussicht zu irgendwelcher Veränderung bot und man wahrscheinlich noch vierzehn Tage hätte warten müssen, so wollte man die Leiche um jeden Preis nach der Kirche schaffen, damit sie in die Erde käme.

Zu diesem Zweck wurde das große Segelboot ins Wasser geschoben, die ganze männliche Bevölkerung rüstete sich zu der Eisfahrt mit Schlitten, Haken, Stangen, Äxten und Stricken aus, und in aller Frühe am nächsten Morgen begab man sich auf diese lebensgefährliche Fahrt. Hin und wieder hatte die starke Strömung offenes Wasser geschaffen, und dann ruderte man, bis man an einen zugefrorenen Fjord kam. Nun galt es, das Boot auf die Schlitten zu heben, und wenn das geschehen war, mußte man ziehen und schieben; am schlimmsten war es in dem grützigen Eise, wo die Ruder nur auf und nieder plätscherten, ohne daß sich das Boot mehr als wenige Zoll auf einmal fortbewegte. Zuweilen entschloß man sich, vor dem Boot herzugehen und eine Rinne mit Eishaken und Äxten zu hauen; aber wehe dem, der aus Versehen mit der Axt eine Stelle traf, wo sich der Strom durch die dünne Eisdecke gefressen hatte!

Es war Nachmittag geworden, ohne daß man sich Zeit zum Essen oder Trinken gelassen hatte, und noch hatte man den Weg über den letzten Fjord zurückzulegen. So weit das Auge reichte, breitete sich ein einziges großes Schneefeld aus, hier und da von kleinen, runden Erhöhungen unterbrochen, den zugeschneiten Werdern. Der Himmel war im Osten blauschwarz und drohte mit Schnee, die Krähen kamen kreischend von der See her und zogen dem Lande zu, um ein Nachtquartier zu suchen; es dröhnte zuweilen unter dem Eise, als wolle es Tauwetter werden, und draußen in der See hörte man die Seehunde brüllen. Der Fjord lag nach Osten zu offen da, aber man erblickte keine Waken. Es kam der Bootsmannschaft verdächtig vor, daß man die Eisente draußen am Rande des Meeres schreien hörte. Da man in den letzten vierzehn Tagen keine Nachricht vom Festlande gehabt hatte, so konnte man nicht wissen, ob die Leuchtfeuer erloschen waren – aber das wurde in der Zeit zwischen Weihnachten und Neujahr als etwas ganz Selbstverständliches betrachtet.

»Dies kann aber unmöglich so weitergehen!« sagte Carlsson, der fast die ganze Zeit geschwiegen hatte.

»Es muß gehen!« erwiderte Gustav und stemmte die Schulter gegen den Schlitten; »aber wir müssen bei Maaskläppan an Land gehen und einen Bissen Brot zu uns nehmen.«

Und darauf schlug man die Richtung nach der mitten im Fjord gelegenen kleinen Insel ein. Die lag indessen weiter weg, als man geglaubt hatte, und veränderte ihr Aussehen, je mehr man sich ihr näherte. Aber schließlich hatte man sie doch bis auf Kabellänge erreicht.

»Eine Wake!« schrie Norman, der den Auslug hatte; »links halten!«

Die Schlitten machten eine Schwenkung nach links, immer mehr und mehr nach links, und schließlich war man um die ganze Insel herumgekommen. Infolge der letzten Sonnenwärme oder auch infolge von warmen Strömungen war die Insel von dem festen Eis abgeschnitten worden und zeigte sich völlig unzugänglich, wenigstens für die Schlitten. Die Dämmerung brach herein, guter Rat war teuer, und Gustav, der den Oberbefehl übernommen hatte, entwarf gleich einen Angriffsplan, der darauf hinausging, daß das Boot in die Wake geschoben werden sollte und daß im selben Augenblick alle Mann hineinspringen und die Ruder auslegen sollten. Und gesagt, getan! »Eins, zwei, drei!« kommandierte Gustav, das Boot schoß in einer fliegenden Fahrt vorwärts, schleppte die Schlitten mit sich und legte sich ganz auf die Seite, so daß der Sarg ins Wasser fiel.

Infolge des Schrecks vergaßen Gustav und Carlsson, ins Boot zu springen, wogegen Norman und Rundquist sich retteten und auf der gegenüberliegenden Kante des Eises anlangten. Der Sarg aber, der nur schlecht schloß, füllte sich mit Wasser und sank unter, ehe irgend jemand Zeit hatte, an etwas andres als an sich selbst zu denken.

»Jetzt müssen wir schnell nach dem Pfarrhofe; befahl Gustav, der heute mehr tatkräftig als überlegend war. Carlsson machte Einwendungen; aber auf Gustavs Frage, ob er lieber die ganze Nacht auf dem Eise stehenbleiben wolle, vermochte er nichts zu antworten, um so mehr, als er sah, daß keine Aussicht vorhanden war, den Werder zu erreichen.

Rundquist und Norman krochen inzwischen an Land, riefen und winkten den Kameraden zu, doch ihrem Beispiel zu folgen; Gustavs ganze Antwort aber bestand darin, daß er ihnen mit der Hand ein Lebewohl zuwinkte und nach Süden deutete, wo der Pfarrhof lag.

Carlsson und Gustav wanderten eine Zeitlang schweigend einher, Gustav mit dem Eishaken voran, um zu untersuchen, ob das Eis tragen könne. Carlsson folgte ihm mit aufgeschlagenem Rockkragen; er war sehr niedergedrückt über das plötzliche und jämmerliche Ende, das seine Frau genommen, und überzeugt, daß man ihm wohl die Schuld in die Schuhe schieben werde.

Nachdem sie eine halbe Stunde gegangen waren, stand Gustav still und schöpfte Atem. Dann blickte er umher, um sich darüber klar zu werden, wo sie sich befanden.

»Zum Teufel! wir haben uns verlaufen«, brummte er; »es ist nicht Maaskläppan, denn das liegt da«, und er zeigte nach Osten. »Und da haben wir die Gillögantanne.«

Und wirklich, landeinwärts auf einer langgestreckten Insel stand einsam und verlassen auf einer kahlen Anhöhe eine Tanne, die mit ihren beiden nackten Zweigen einem optischen Telegraphen glich und den Fischern als Wahrzeichen diente.

»Und da haben wir Trälskar!«

Er sprach mit sich selber und schüttelte den Kopf.

Carlsson wurde ängstlich, denn ihm waren die Schären völlig fremd, und er hatte kein unbegrenztes Vertrauen zu Gustavs Kenntnissen. Dieser schien jetzt seinen Plan gemacht zu haben, denn er veränderte den Kurs und schlug die Richtung nach Süden ein.

Inzwischen war die Dämmerung hereingebrochen, aber der Schnee leuchtete doch noch so viel, daß man den Weg erkennen konnte. Sie sprachen kein Wort, Carlsson aber hielt sich dicht hinter seinem Führer.

Plötzlich stand dieser still und lauschte. Carlssons ungeübtes Ohr hörte nichts, Gustav dagegen war es, als vernehme er ein schwaches Dröhnen von Osten her, wo sich eine Wolkenmauer auftürmte, die schwärzer und dichter war als der Nebelschleier, der den Horizont verhüllte.

Sie warteten einen Augenblick, dann konnte Carlsson deutlich ein leises Brausen erkennen und einen glucksenden Laut, der langsam näher kam.

»Was ist das?« fragte er Gustav und kroch dicht an ihn heran.

»Das ist die See«, antwortete dieser. »In einer halben Stunde haben wir den Ostwind und das Schneetreiben hier, und wenn dieser Wind tüchtig einsetzt, so bricht das Eis auf. Und dann mag der Teufel wissen, was aus uns werden soll. Wir müssen eilen, so schnell wir können.«

Er fing an zu laufen und Carlsson hinterdrein; der Schnee wirbelte ihnen um die Füße, und das Brausen kam näher und näher.

»Jetzt ist es aus mit uns!« rief Gustav, stand still und zeigte auf ein Licht, das hinter ihnen auf einem kleinen Werder schien. »Der Leuchtturm ist angezündet, da ist schon offenes Wasser!«

Carlsson begriff die Gefahr nicht, aber er sah ein, daß sich etwas Ungewöhnliches ereignet haben müsse, da Gustav sogar ängstlich geworden war.

Jetzt erreichte sie der Ostwind, so daß sie einen Steinwurf hinter sich die Schneewand gleich einem dunklen Schirm heranrücken sahen, und gleich darauf waren sie in ein Schneegestöber eingehüllt, das so dicht und schwarz wie die Nacht war. Es wurde völlig dunkel um sie her, und das Licht des Leuchtturms, das ihnen noch vor wenigen Minuten bleich und matt, wie ein Morgenstern, den Weg angedeutet hatte, erlosch schließlich.

Gustav lief in scharfem Trabe vorwärts, und Carlsson folgte ihm, so gut er konnte. Aber er war zu stark und konnte nicht Schritt halten; der Atem wurde immer kürzer, und er bat Gustav, seine Schritte ein wenig zu mäßigen; dieser jedoch hatte keine Lust, sich zu opfern, er lief, lief für sein Leben. Carlsson zog ihn an den Rockschößen, flehte und bat ihn, sich doch nicht von ihm zu entfernen; er versprach ihm goldene Berge, beschwor Himmel und Hölle, aber es half alles nichts.

»Ein jeder für sich und Gott für uns alle«, antwortete Gustav und bat Carlsson, einige Schritte hinter ihm zurückzubleiben, weil sonst das Eis brechen würde.

Das schien auch wirklich der Fall zu sein, denn hinter ihnen krachte es immer lauter; und das schlimmste war, daß das Brausen jetzt so nahe kam, daß man die Wellen gegen die Werder schlagen hörte und deutlich das Schreien der aufgeschreckten Möwen vernahm, die sich der unerwarteten Beute freuten.

Carlsson stöhnte und hustete, der Abstand zwischen ihm und Gustav wurde größer und größer, und schließlich befand er sich allein im Dunkeln. Er hielt plötzlich inne, suchte nach einer Spur, sah aber nichts; er rief und erhielt keine Antwort. Es war die Einsamkeit, das Dunkel, die Kälte und das Wasser, die im Gefolge des Todes kamen. Von namenloser Angst ergriffen, raffte er sich noch einmal auf und lief so schnell, daß er sehen konnte, wie die Schneeflocken hinter ihm zurückblieben, obwohl der Wind sie in derselben Richtung trieb, der er folgte, und dann rief er wieder.

»Halt Er sich in der Richtung des Windes, dann kommt Er westlich ans Land!« hörte er eine fliehende Stimme aus dem Dunkel heraus – und dann wurde alles wieder still.

Aber nun waren Carlssons Kräfte erschöpft; mutlos mäßigte er seine Schritte und ging ganz langsam, ohne sich aufraffen zu können, und dann hörte er, wie das Meer ihm auf den Fersen folgte, dröhnend, prustend, seufzend, als gehe es auf nächtlichen Raub aus.

Pastor Nordström war des Abends um acht Uhr zu Bette gegangen; er hatte noch lange in der Stiftszeitung gelesen und schlief infolgedessen sehr fest. Aber gegen elf Uhr fühlte er, wie seine Frau ihn mit dem Ellenbogen in die Seite stieß, und hörte wie halb im Traume, daß sie rief:

»Erik! Erik!«

»Was ist denn jetzt los? Kannst du denn nicht ruhig sein?« knurrte er noch halb im Schlaf.

»Ruhig! Glaubst du etwa nicht, daß ich ruhig bin?«

Um einer längeren Auseinandersetzung vorzubeugen, versicherte der Pastor schleunigst, daß er von der Ruhe seiner Gattin völlig überzeugt wäre, zündete dann Licht an und fragte, was denn eigentlich geschehen sei.

»Draußen im Garten ruft jemand! Hörst du es nicht?«

Der Pastor horchte und setzte die Brille auf, um besser hören zu können.

»Ja, wahrhaftig, da ruft jemand! Wer kann das nur sein?«

»So geh doch hinaus und sieh nach!« sagte die Frau Pastor und gab dem Manne abermals einen kleinen Rippenstoß.

Der Prediger zog seine Unterbeinkleider an, warf einen Pelz über und fuhr in die Galoschen; dann nahm er die Büchse von der Wand, schüttete Pulver auf die Pfanne, steckte ein Zündhütchen auf und ging hinaus.

»Heda! Wer ist da?« rief er.

»Gustav Flod!« antwortete eine dumpfe Stimme hinter der Fliederhecke.

»Was, zum Teufel, ist denn jetzt geschehen, daß du um diese Zeit hierher kommst! Liegt die Alte im Sterben?«

»Es ist viel schlimmer«, lautete Gustavs Stimme; »wir haben sie verloren.«

»Ihr habt sie verloren?«

»Ja, wir haben sie auf See verloren.«

»Aber um des Himmels willen, so komm doch herein und steh da nicht in der Kälte!«

Gustav, der den ganzen Tag weder etwas gegessen noch getrunken hatte und der sich bei dem Wettlauf mit dem Ostwinde übermenschlich hatte anstrengen müssen, sah, als der Schein des Lichtes sein Gesicht beleuchtete, wie ein ausgeblasenes Ei aus.

Nachdem der Pastor eine flüchtige Beschreibung der Begebenheiten erhalten, ging er zu seiner Frau hinein und kehrte nach einem Kampfe von wenigen Minuten mit dem Schlüssel zu einem gewissen Küchenschranke zurück. Bald saß der schiffbrüchige Gast an dem großen Küchentisch, und der Pastor bewirtete den Ausgehungerten mit Branntwein, Speck, saurem Schweinefleisch und Brot.

Dann beratschlagte man, was für die Schiffbrüchigen zu tun sei. Jetzt in der Nacht umherzugehen und Leute zu veranlassen, die Verlorenen zu suchen, würde vergebliche Mühe sein; ein Feuer anzuzünden war gefährlich, da es die Schiffer irreleiten konnte, wenn der Schein überhaupt den dichten Nebel durchdrang.

Mit den Knechten draußen auf dem Werder, meinte man, habe es keine Not, schlimmer dagegen sähe es für Carlsson aus. Gustav glaubte nämlich als sicher annehmen zu können, daß der Fjord aufgebrochen und daß es mit Carlsson zu Ende sei. »Es sähe beinahe so aus«, meinte er, »als wenn er über seine eigenen Taten gefallen wäre.«

»Hör einmal, Gustav«, wendete Pastor Nordström ein, »ich finde, ihr seid ungerecht gegen Carlsson gewesen, und ich weiß wirklich nicht, was du mit seinen ›eigenen Taten‹ meinst. Wie sahen Haus und Hof aus, als er zu euch kam! Hat er den Besitz nicht für dich in die Höhe gearbeitet? Und daß er sich mit der Witwe verheiratete – nun ja, sie wollte ihn ja absolut haben. Daß er sie aber bat, ein Testament zu machen, darin sehe ich nichts Böses, er konnte es ja wenigstens versuchen; freilich, daß sie es tat, war unüberlegt von ihr. Carlsson war ein flinker Bursche, und er tat alles das, was du tun wolltest, was du aber nicht konntest. Was? – Hast du vielleicht etwas dagegen, wenn ich für dich um die Hand der Witwe in Avassa mit ihren achttausend Reichstalern werbe? Nein, Gustav, du mußt auch nicht ungerecht sein. Glaube mir, es gibt auch noch andere Anschauungen als deine eigenen!«

»Ja, das kann sein! Aber jedenfalls hat er die Mutter ums Leben gebracht, und das vergesse ich niemals.«

»Unsinn! Das hast du längst vergessen, wenn du erst Hochzeit hältst; und es ist auch noch gar nicht ausgemacht, daß Carlsson die Schuld an ihrem Tode trägt. Hätte sich die Alte zum Beispiel etwas übergezogen, als sie an jenem Abend ausging, so würde sie sich nicht erkältet haben. Und so sehr wird sie sich die Sache wohl nicht zu Herzen genommen haben – konnte es sie doch im Grunde nicht wundernehmen, wenn er, der junge Kerl, ein wenig mit den Mädchen schäkerte. Die Sache scheint jetzt indessen zum Abschluß gekommen zu sein; morgen früh müssen wir sehen, was sich machen läßt. Da es Sonntag ist, kommen die Leute zur Kirche, also brauchen wir sie nicht holen zu lassen. Lege du dich jetzt nur schlafen und ärgere dich nicht weiter darüber. Bedenke nur, des einen Tod ist des andern Brot.«

Am folgenden Morgen, als die Gemeinde auf dem Kirchhofe versammelt war, kam Pastor Nordström mit Flod anmarschiert.

Statt in die Kirche zu gehen, blieb er mitten zwischen der Menge stehen, die offenbar schon von dem Vorgefallenen unterrichtet war. In einer kurzen Ansprache forderte er die Leute auf, sich mit ihren Booten unten an der Pfarrbrücke zu versammeln und gemeinsam zur Bergung der Schiffbrüchigen auszuziehen. Es entstand jedoch ein Gemurmel unter der Menge: Carlsson hatte sich nämlich infolge von Meinungsverschiedenheit in einigen Gemeindeangelegenheiten Feinde geschaffen; es schien, als wolle man das Gotteswort nicht entbehren.

»Unsinn«, wendete der Prediger ein, »ihr seid wohl nicht so versessen darauf, mich zu hören, wenn ich euch recht kenne. Was? Hab ich nicht recht, Avassan? Du bist doch sonst so schriftgelehrt, daß du es hören kannst, wenn ich mit meinem Latein zu Ende bin.«

Ein leises Lächeln glitt durch die Versammlung, und die Bedenken waren schon so gut wie besiegt.

»Wir haben übrigens in acht Tagen wieder Sonntag, dann kommt nur alle! Ich verspreche euch, daß ihr genug bekommen sollt, und eure Frauen könnt ihr mitbringen, denen will ich ins Gewissen reden, daß sie ein ganzes Vierteljahr daran genug haben. Seid ihr nun bereit, den Esel aus dem Brunnen zu ziehen?«

»Ja – a!« ertönte es aus der Menge.

Und dann trennte man sich, um nach Hause zu gehen und sich zur Seefahrt umzukleiden.

Das Schneetreiben hatte aufgehört, der Wind war nach Norden umgesprungen, und es war jetzt kaltes, klares Frostwetter. Der offene Fjord rollte blauschwarz gegen die weißen Werder, als die Boote nach einer Weile an der Pfarrbrücke landeten. Die Leute trugen Pelzjacken und Seehundmützen und waren mit Äxten und Boothaken bewaffnet. Von Segeln konnte keine Rede sein, deshalb hatte man sich mit Rudern versehen.

In dem ersten Boot saßen der Prediger und Gustav, vier der kräftigsten Burschen ruderten, und Bootsmann Rapp versah das Amt des Auslugers.

Man war ernst gestimmt, aber nicht sonderlich betrübt; mit einem Menschenleben mehr oder weniger pflegte die See es nicht so genau zu nehmen.

Die See ging hoch, und das Wasser, das in das Boot floß, fror sofort, mußte zerhauen und hinausgeworfen werden. Zuweilen kam eine Eisscholle geschwommen, streifte das Boot, tauchte unter und kam an dem andern Bug wieder zum Vorschein.

Der Pastor saß mit seinem Fernrohr da und spähte nach Trälskär hinüber, wo die beiden Hemsöer gefangen saßen; von Zeit zu Zeit warf er einen hoffnungslosen Blick auf den Fjord, wo Carlsson aller Wahrscheinlichkeit nach ertrunken lag; auch forschte er auf den treibenden Eisschollen nach der Spur eines Fußes, nach einem Kleidungsstück, nach der Leiche selber. Aber alles vergebens.

Nachdem sie einige Stunden gerudert hatten, erreichte man die Schären. Rundquist und Norman hatten schon in der Ferne die Rettungsflotille erblickt und ein Freudenfeuer am Strande angezündet. Und als die Boote landeten, verrieten sie mehr Neugierde als Rührung, denn in Lebensgefahr hatten sie keinen Moment geschwebt.

»Das ist überflüssig, solange man festen Boden unter den Füßen hat«, meinte Rundquist.

Da der Tag kurz war, machte man sich gleich daran, das Boot zu bergen, und begann dann, nach der Leiche zu fischen.

Rundquist wußte natürlich ganz genau anzugeben, wo sie lag, denn er hatte ein Irrlicht über dem Wasser gesehen. Aber die Arbeit förderte nichts ans Tageslicht als einige lange Stücke Tang, Muscheln und dergleichen mehr. Man fischte den ganzen Morgen bis zum Mittag – aber vergebens. Die Leute wurden endlich der Sache überdrüssig. Einige waren an Land gegangen, um ein Stück Brot und einen Schnaps zu sich zu nehmen und Kaffee zu kochen. Schließlich erklärte Gustav, daß seiner Ansicht nach nichts mehr in der Sache zu machen sei, da die Strömung die Leiche höchstwahrscheinlich ins offene Meer geführt habe.

Niemand verspürte sonderliche Lust, die Leiche ans Tageslicht zu fördern, und im Grunde genommen ging die Sache ja auch nur Gustav allein an; deshalb empfand man es als eine Art Erleichterung, daß man nicht gezwungen war, sich dem Leid andrer gegenüber gefühllos zu zeigen.

Um der traurigen Angelegenheit doch einen einigermaßen feierlichen Abschluß zu geben, ging Pastor Nordström zu Gustav Flod und fragte ihn, ob er etwas für die Alte tun solle. Seine Bibel hatte der Pastor bei sich, und einen Gesang wisse man wohl auswendig.

Gustav ging voll Dank auf den Vorschlag ein, der alsdann der Versammlung mitgeteilt wurde.

Die Sonne war im Begriff, ihre kurze Bahn zu beschließen, und von ihren letzten Strahlen beleuchtet, lagen die kleinen Inseln rosenrot da, als sich die Leute an dem Strande versammelten, um der den Umständen angemessenen Leichenfeier beizuwohnen. Der Prediger begab sich, von Gustav gefolgt, in ein Boot, stellte sich an den Achtersteven, holte seine Bibel hervor, klemmte das Taschentuch zwischen die Finger der linken Hand und entblößte das Haupt. Auch am Ufer nahmen alle Anwesenden ehrfurchtsvoll die Mützen ab.

»Laßt uns Nummer 452 singen: ›Mitten wir im Leben sind von dem Tod umfangen‹«, sagte der Pastor. »Wißt ihr den Gesang auswendig?«

»Ja«, antwortete man einstimmig vom Strande her.

Und dann ertönte der Gesang, mit anfangs vor Kälte, dann vor Rührung zitternder Stimme über die ungewohnte Feier und die ergreifenden Töne des alten Kirchenliedes, das schon so vielen das letzte Geleit gegeben.

Die letzten Töne verhallten in der kalten Luft über dem Wasser, und es entstand eine Pause, während welcher man nur das Sausen des Nordwindes in den Tannenwipfeln, das Plätschern der Wogen gegen die Steine, das Geschrei der Möwen und das Scharren der Boote auf dem Grund vernahm.

Der Pastor wandte sein alterndes, gefurchtes Gesicht dem Fjorde zu, und die Sonne beschien sein entblößtes Haupt, mit dessen buschigen grauen Haarsträhnen der Wind spielte wie mit den Zapfen einer alten, verwitterten Tanne.

»Von Erde bist du und zu Erde sollst du werden, bis unser Herr und Heiland, Jesus Christus, dich am Jüngsten Tage erwecken wird. Lasset uns beten!« begann er mit seiner tiefen Stimme, die gegen Wind und Wetter kämpfte.

Und dann sprach er ein Vaterunser, und nach dem Segen streckte er seine Hand zum letzten Lebewohl über dem Wasser aus.

Alle bedeckten die Häupter wieder. Gustav drückte dem Pastor die Hand und dankte ihm, schien aber noch etwas auf dem Herzen zu haben.

»Ach, Herr Pastor, ich glaube doch, daß – – sollte nicht Carlsson auch noch ein Wort haben?«

»Das war für zwei, mein Junge. Aber es ist hübsch von dir, daß du an ihn denkst«, antwortete der Greis, der gerührter zu sein schien, als er merken lassen wollte.

Die Sonne ging unter, man mußte sich jetzt trennen, um nur so schnell wie möglich heimzukommen.

Aber eine letzte Aufmerksamkeit wollte man Flod doch erzeigen. Nachdem man Abschied voneinander genommen hätte und alle in die Boote gestiegen waren, gab man ihm eine Strecke das Geleite, bildete dann eine Linie mit den Booten, grüßte mit den Rudern und rief: »Lebewohl!«

Dies war eine Huldigung, die nicht allein dem Kummer galt, sondern auch dem jungen Mann, der nun in die Reihe der verantwortlichen Männer aufgenommen worden war.

Und in seinem eigenen Boote am Steuer sitzend, ließ der neue Besitzer von Hemsö sich von seinen Knechten heimrudern; er sollte fortan sein eigenes Fahrzeug über die stürmischen Wasser und über die unergründlichen Sunde des Lebens dahinsteuern.

Biographie

1849   *22. Januar:* Johann August Strindberg wird als viertes von ins-
gesamt elf Kindern in Stockholm geboren. Er ist das erste ehe-
liche Kind. Sein Vater ist der Kolonialwarenhändler und
Dampfschiffkommissionär Carl Oskar Strindberg. Er gehört
dem Mittelstand an. Ein späterer Konkurs stürzt die Familie in
eine vorübergehende Krise. Die Mutter ist eine Schneiderstochter
und vor der Eheschließung Kellnerin und Magd. Durch die
mütterliche Linie stammt August Strindberg von deutschen
Vorfahren, nach Schweden eingewanderten Handwerkern ab.
Im Hause Strindberg herrscht patriarchalische Strenge. Dabei
ist der Vater dem kulturellen Leben sehr aufgeschlossen. August
Strindberg leidet unter dem Unverständnis des Vaters, der dessen Phantasieerlebnisse und ambivalent gerichtete Gefühlswelt
nicht versteht. Gegenüber solcher Abwehr sucht der Knabe
Liebe bei der Mutter, scheitert aber auch damit. Die erlebten
Kümmernisse des hochsensiblen Jungen bilden die Basis für die
hohe Empfindsamkeit des späteren großen Dichters.

1856   August Strindberg kommt in die Klara-Schule, danach in die
Jakobsschule und in eine Privatschule.

1862   Als August Strindberg dreizehn Jahre alt ist, stirbt die Mutter
an Lungentuberkulose. Carl Oskar Strindberg heiratet nun die
Haushälterin, was zu schweren Zerwürfnissen zwischen August
Strindberg und dem Vater führt.

1865   Schon vor dem Abitur nimmt August Strindberg eine Hausleh-
rerstelle auf einem Gutshof in Sotaskär an.
In diese Zeit fällt auch seine erste Predigt, die er auf Bitten des
Ortsgeistlichen mit Erfolg vor der kleinen Gemeinde hält. Hier
bricht auch die neu erworbene, religiöse Position durch: Vom
Pietismus in der Prägung eines Carl Olof Rosenius zur religiös-
liberalen Anschauung mit pantheistischen Zügen.

1867   *25. Mai:* August Strindberg macht das Abitur und beginnt in
Uppsala Medizin, aber auch Literaturwissenschaft zu studieren.

1868   *Frühjahr:* Er bricht erst einmal das Studium ab und wird stell-
vertretender Volksschullehrer in Stockholm.
Herbst: Er wird Hauslehrer bei Axel Lamm.

1869 *Frühjahr:* Danach versucht er sich weiter im Medizinstudium, unterbricht es aber erneut, um sich als Schauspielaspirant am Dramatischen Theater in Stockholm zu bewerben.

August Strindberg will sich das Leben nehmen.

Anfang November: Er schreibt nun im Bewußtsein, daß er nicht zum Schauspieler, aber zum Dramatiker geboren sei, seinen ersten Zweiakter, »Eine Namentagsgabe«. Das Stück wird vom Intendanten des Dramatischen Theaters abgelehnt. Es ist heute verschollen.

August Strindberg macht sich nun daran, noch im selben Jahr ein neues Stück, ein Familiendrama zu schreiben: »Fritänkaren« (»Der Freidenker«, 1869). Auch dieses Stück wird abgelehnt. August Strindberg berührt sich mit Sören Kierkegaards Kritik am Gewohnheitschristentum.

August Strindberg schreibt noch weitere Stücke: »Hermione«, ein historisches Schauspiel in drei Akten. Es wird später neu gefaßt. Begonnen wird außerdem ein Jesus-Drama in Versen.

1870 Es folgt der Dramenentwurf »Erik XIV.«, der in fünf Akten geplant wird. August Strindberg verbrennt es.

August Strindberg kehrt abermals an die Universität in Uppsala zurück und gründet die literarische Gesellschaft »Runa«, wo regelmäßig literarische, philosophische und religiöse Probleme diskutiert werden.

Ende März: August Strindberg schreibt den Einakter »In Rom« in Versen.

13. September: Die Uraufführung dieses auf den dänischen Bildhauer Bertil Thorwaldsen bezogenen Stückes findet am Dramatischen Theater in Stockholm statt. Das kleine Drama wird elfmal gespielt.

September: Gleichzeitig beginnt August Strindberg ein neues, historisches Drama in fünf Akten zu schreiben mit dem Titel »Blot-Sven«. Nach wenigen Wochen wird er über diese Arbeit so unmutig, dass er das vorliegende Drama verbrennt.

1871 *Anfang des Jahres:* Das Stück »Blot-Sven« wird in vierzehn Tagen zum Einakter »Den fredlöse« umgeformt.

16. Oktober: Das Drama mit dem deutschen Titel »Der Geächtete« wird am Dramatischen Theater in Stockholm uraufgeführt und bringt August Strindberg ein Stipendium durch König Karl

XV. ein.

August Strindberg zieht sich auf die Schäreninsel Kymmendö zurück, um sich mit einigen Freunden zu erholen.

1872 *März:* Er gibt endgültig sein Studium und sein Ziel zu promovieren auf und kehrt nach Stockholm zurück. Er schreibt nun als Rezensent für verschiedene Zeitungen, vor allem über kulturelle Probleme und tagespolitische Fragen. Er muß Gelegenheitsarbeiten übernehmen.

8. August: Die Prosafassung von »Mäster Olof« (»Meister Olof«) wird abgeschlossen.

1874 *Herbst:* Es geht August Strindberg finanziell besser, da er Assistent an der Königlichen Bibliothek in Stockholm wird. Um sich aber abzusichern gibt er noch Privatstunden. Außerdem übersetzt er und schreibt weiter an Zeitschriftenartikeln. Intensiv vertieft er sich zu dieser Zeit in die chinesische Kultur und Sprache.

1875 Er begegnet Siri von Essen, seiner späteren Frau.

1876 *Mai:* Der Stoff von »Mäster Olof« wird in Versform gesetzt.

August Strindberg reist über Norwegen nach Frankreich.

1877 *30. Dezember:* Die Hochzeit mit Siri von Essen wird gefeiert.

1879 »Röda rummet« (»Das rote Zimmer«) erscheint. Dieser kritische Roman macht Strindberg auf einen Schlag bekannt.

1880 Die Tochter Karin wird geboren.

1881 Die zweite Tochter Greta folgt. Die Kritik an August Strindbergs Roman wird in Schweden so stark, dass sich der Dichter gezwungen fühlt, aus Schweden zu fliehen.

1883 Er reist nach Frankreich.

Seine Gedichte werden gedruckt.

1884 Die Familie siedelt in die Schweiz über, wo der Sohn Hans geboren wird.

Die berühmten Ehegeschichten »Giftas« I (»Heiraten« I) erscheinen.

Die Kritik an der damaligen Abendmahlsfeier bringt August Strindberg eine Anklage wegen Gotteslästerung ein. Er wird freigesprochen. Der Prozeß erregt großes Aufsehen.

1886 Strindberg befindet sich auf Reisen und bereitet seinen ersten großen Entwicklungsroman, den ersten Teil auch der eigenen Biographie vor. Seine Lebensgeschichte als »Tjänstequinnans son« (»Der Sohn der Magd«) mit dem Untertitel »En själs ut-vecklingshistoria« (»Die Entwicklung einer Seele«) behandelt die Jahre 1849–1867.

Der Schritt zum naturalistischen Meisterdrama »Fadren« (»Der Vater«, 1887) ist somit getan.

August Strindberg beschäftigt sich eingehend mit der Suggesti-onspsychologie.

Die Enttäuschung nach der Kritik an dem Erzählband »Giftas« (»Heiraten«, 1884) führen Strindberg, der sich in diesem Band für die Gleichberechtigung der Frau ausspricht, nun zur Gegen-position. Er kritisiert jetzt die Frauenemanzipation.

1887 August Strindberg mit seiner Frau und den drei Kindern siedeln von der Schweiz nach Dänemark über.

August Strindberg schreibt den Roman »Hemsöboerne« (»Die Leute vom Hemsö«).

1888 Im zweiten naturalistischen Drama »Fröken Julie« (»Fräulein Julie«, 1888), kurz nach dem »Vater«-Stück geschrieben, spielt in das Psychodrama die Klassenkritik hinein. Eigene Erlebnisse August Strindbergs in »Skovlyst« nahe Kopenhagen beeinflußen die Dramenkonzeption.

Von 1888 bis 1892 folgen zusammen mit »Fräulein Julie« elf Einakter, die zum Teil die Erlebnisse des Dichters widerspiegeln. Mehrere dieser Schauspiele werden nicht in Schweden, sondern in Berlin uraufgeführt.

1889 *9. März:* Um die Jahreswende, also noch in Dänemark, entsteht der Einakter »Den starkere« (»Die Stärkere«, uraufgeführt in Kopenhagen.

14. März: Das Drama wird in einer geschlossenen Vorstellung des Studentenvereins in Kopenhagen uraufgeführt. Die Titelrolle wird von August Strindbergs Frau Siri von Essen gespielt. Die geschlossene Vorstellung ist nötig, da das Stück der Zensur unterliegt.

Frühjahr: August Strindberg kehrt nach Schweden zurück.

1890 Er veröffentlicht den bedeutenden Roman »I havsbandet« (»Am offenen Meer«).

Nach einer französischen Fassung erscheint auch der autobio-graphische Roman »En Dåres Försvårstal« (»Die Beichte eines Toren«).

1891 *Januar:* Endlich nach großen Schwierigkeiten wird die Ehe mit Siri von Essen vor dem Gerichtshof von Värmdo geschieden. August Strindberg leidet besonders darunter, daß die drei Kinder Karin, Greta und Hans bei der Mutter bleiben.

1892 Strindberg unterhält einen intensiven Briefwechsel mit Émile Zola.

Im Einakter »Debet och kredit« (»Debet und Kredit«) sind Erinnerungen August Strindbergs an die entsetzliche Armut eingegangen.

Das Stück »Die Himmelrikets nycklar« (»Die Schlüssel zum Himmelreich« erscheint.

Auch in dem Stück »Inför Döden« (»Vor dem Tode«) verarbeitet Strindberg sein Gefühl der totalen Vereinsamung.

September: Er reist nach Deutschland und lebt zuerst als Gast von Ola Hansen und seiner Frau in Friedrichshagen bei Berlin. Hier verkehrt er mit Wilhelm Bölsche, Max Halbe und Bruno Wille.

Ende des Jahres: August Strindberg zieht nach Zerwürfnissen mit seinen Gastgebern in die Innenstadt von Berlin.

1893 *Januar:* August Strindberg lernt die Tochter des Herausgebers der Wiener Zeitung Frida Uhl kennen.

2. Mai: Er lässt sich mit Frida Uhl auf Helgoland trauen. Danach folgen Aufenthalte in England, in Österreich und schließlich in Frankreich.

Nur sieben Ehewochen sind August Strindberg und Frida Uhl in London zusammen. Dann fährt Strindberg nach Rügen, um sich dort mit einigen Bekannten aus der Berliner Zeit zu treffen.

Ende Juli: Die Einladung durch Fridas Mutter Marie Uhl, in das Sommerhaus der Familie an den Mondsee zu kommen, nimmt Strindberg an.

11. August: Strindberg bricht vom Mondsee auf.

Die beiden Eheleute treffen sich nun in Berlin zur Aussprache.

November: Das Paar reist auf Einladung der Großeltern Fridas nach Dornach in der Nähe von Amstetten/Donau. Das Leben und Verhalten dieser Großeltern veranlaßt August Strindberg später, diese in »Advent« zu kopieren.

»Inför döden« (»Vor dem Tode«, 1892) wird zusammen mit »Gläubiger« und »Första varningen« (»Die erste Warnung«,

1892) am Residenztheater uraufgeführt.

1894 In Dornach malt August Strindberg und erlebt, wie im Frühling die deutsche Übersetzung seines naturwissenschaftlichen Buches »Antibarbarus« erscheint.

10. Mai: Die Tochter Kerstin wird geboren. Das Ehepaar trennt sich. Später wird die Ehe in Wien geschieden.

In Paris geht nun August Strindberg naturwissenschaftlichen und alchimistischen Studien nach. Er experimentiert mit Schwefelverbindungen, hat Wahnvorstellungen und Verfolgungsängste.

1898 Nach einigen Reisen entsteht im Hotel Londres in Paris der erste Teil von »Till Damaskus«. »Till Damaskus I« (»Nach Damskus I«) eröffnet die große Dramentrilogie von August Strindberg nach der Überwindung der »Infernokrise«. Der zweite Teil des großen Dramas wird ebenfalls 1898 vollendet. Der dritte Teil folgt erst 1901.

Am Ende des Pariser Aufenthaltes, während des Prozesses der inneren und äußeren Genesung, beschäftigt sich der Dichter mit den Schriften von Emanuel Swedenborg.

1899 *20. Juni:* August Strindberg verläßt Lund, wo er sich nach dem Pariser Aufenthalt ein ganzes Jahr aufhält, um endlich nach Stockholm zu ziehen. Zuerst wohnt er in Furusund innerhalb der Stockholmer Schärenlandschaft. Schon in Lund schreibt er bis zum Umzug zwei große historische Dramen »Folkungersage« (abgeschlossen 20. April 1899) und »Gustav Vasa« (abgeschlossen Mitte Juni 1899).

13. Oktober: August Strindberg zieht in den Narvavägen, danach in die Banérgata 13.

1900 »Advent«, »Ostern« und »Midsommar« (»Mittsommer«) werden auch als die »Jahresfestspiele« bezeichnet.

1901 Mit »Nach Damaskus« und dem dann – nach der endgültigen Rückkehr – in Stockholm geschriebenen »Ett drömspel« (»Ein Traumspiel«) erreicht Strindberg eine Neuorientierung des Theaters.

Er schreibt die beiden Märchenspiele »Kronbruden« (»Die Kronbraut«) und »Svanevit« (»Schwanenweiß«). Ebenfalls schreibt er das historische Drama über den schwedischen Freiheitshelden »Engelbrekt« und das Schauspiel »Kristina«.

| 1902 | *11. März:* Das Stück »Bandet« (»Das Band«, 1892) wird am Kleinen Theater in Berlin unter der Regie von Max Reinhardt uraufgeführt. |
| 1904 | Nach der Scheidung von seiner dritten Frau folgen Prosaarbeiten. Herausragend sind neben »Götiska rummen« (»Die gotischen Zimmer«), die »Historiska Miniatyrer« (»Die historischen Miniaturen«, 1905). |

Die äußere Trennung von Harriet Bosse bedeutet für Strindberg eine tiefe Bindung durch die Vorstellung, dass es ein telepathisches Zusammensein mit ihr gebe. Das Tagebuch zeigt, wie sehr Strindberg nach der »Infernokrise« im Okkultismus lebt.

| 1906 | Der Dichter beginnt am berühmten »Blaubuch« zu arbeiten. Es erscheinen vier Bände. So unterschiedliche Betrachtungen wie »Ein religiöses Theater«, »Der Fremdling Zola« finden sich in den Essays. |
| 1907 | *Januar/Februar:* Er schreibt das Kammerspiel »Oväder« (»Wetterleuchten«). |

Die Stücke »Die Brandstätte« und »Spöksonaten« (»Gespenstersonate« werden aufgeführt.

Briefwechsel mit Nietzsche.

Veröffentlichung des letzten Romans, »Svarta fanor« (»Schwarze Fahnen«).

November: Eröffnung des eigenen »Intimen Theaters« zusammen mit dem jungen Schauspieler August Falck.

März: Ein weiteres Stück »Den blödande handen« (»Die blutende Hand«) wird durch den Autor selbst verbrannt.

April: Das Drama »Toteninsel«, durch A. Böcklins berühmtes Bildmotiv geprägt, bleibt Fragment.

Juni: Das vierte Kammerspiel wird beendet,

26. November: Zur Eröffnung des Intimen Theaters wird das vierte Kammerspiel uraufgeführt.

| 1908 | August Strindberg zieht in den berühmten »Blauen Turm«. |
| 1909 | Auch sein letztes großes Drama »Stora landsvägen« (»Die große Landstraße«) ist ein »Stationendrama«. |

Aufführungen der sogenannten Regentendramen.

22. Januar: Das erste von diesen drei geschichtlichen Stücken »Siste riddaren« (»Der letzte Ritter«) wird uraufgeführt.

| 1912 | *14. Mai:* Strindberg stirbt in Stockholm an Magenkrebs. Am |

19. Mai 1912 wird Schwedens Dichter auf dem Neuen Friedhof von Stockholm zu Grabe getragen.